書下ろし

特務捜査

南 英男

目次

第一章　報道記者の死

1

男の怒声《どせい》が響いた。

巻き舌だった。どうやら声を発した人物は堅気《かたぎ》ではなさそうだ。喚《わめ》き声は、前方の暗がりから聞こえた。

新宿歌舞伎町《かぶきちょう》の裏通りである。二月上旬の午後十時過ぎだった。

春とは名ばかりで、寒気が厳しい。夜気《やき》は粒立《つぶだ》っている。吐く息は白かった。

村瀬翔平《むらせしょうへい》は歩きながら、前方の暗がりに目をやった。
三十六、七歳のやくざっぽい男と背の高い黒人が向かい合っている。肌の黒い男は、村瀬に背中を向ける恰好《かっこう》だった。体つきから察して、まだ若そうだ。

「てめえ、不良ナイジェリア人の仲間だろうが！」

暴力団組員と想《おも》われる男が息巻いた。

すると、黒人が英語で短く何か喋《しゃべ》った。その言葉はよく聴き取れなかった。

「ここは日本だ。日本語で答えやがれっ」

「わたし、日本語がうまくありません」

「ばっくれるんじゃねえや。てめえの仲間たちが室井組《むろいぐみ》直営のキャッチバーを荒らしやがったにちげえねえ」

「それ、知りません」

「二人のアフリカ人が料金を踏み倒して、スツールを酒棚《さかだな》に投げつけたことはわかってるんだ。三人のホステスが揃《そろ》って同じ証言をしてるんだよ。逃げた野郎たちは店の娘《こ》たちのパンストを脱がせようとしたらしいじゃねえか。只酒喰《ただざけく》らって、ついでにホステスたちも姦《や》るつもりだったんだろうよ。太《ふて》え奴らだ」

「わたし、西アフリカのガーナ共和国で生まれました。アフリカ育ちですけど、ナイジェリア人ではありません」

「空とぼける気なら、半殺しにするぜ」

「暴力はよくありません。わたし、本当にガーナ人です。名前、オセイというね。六本木《ろっぽんぎ》にある『ミルズ』というガーナ料理店で働いてます。二十九歳です」

「ガーナ人のコックだって？」

「はい、そうです」

オセイと名乗った黒人が答えた。

次の瞬間、やくざらしい男がオセイの股間を蹴り上げた。オセイは唸《うな》りながら、その場にうずくまった。息を詰めている。いかにも苦しげだ。

「おれは室井組の須藤《すどう》って者《もん》だ。日本のやくざを甘く見てると、若死にすることになるぜ。てめえ、本当はナイジェリア人だろうが。どうなんでえ？」

「それ、違う。わたし、ガーナ人です」

「もうちょっと痛めつけてやるか」

須藤が言うなり、前蹴りを放った。空気が縺《もつ》れる。蹴りはオセイの胸板に入った。

オセイが呻《うめ》きながら、横倒しに転がった。

すぐに長い手脚《てあし》を縮め、歯を剝《む》いて唸り声を洩《も》らす。肌が黒いからか、やけに歯が白く見えた。

村瀬は、須藤の近くで立ち止まった。

「人違いだったようだな」

「誰なんだよ、てめえは？」

「通りがかりの者だ。倒れてる男は、本当にガーナ人なんだろう。ナイジェリア・マフィアの一員には見えないじゃないか」

「いや、素っ堅気には見えねえな」

須藤が反論した。

「なぜ、そう感じた？」

「首に太いゴールドのネックレスを掛けてるじゃねえか。不良ナイジェリア人の仲間にちがいねえよ」

「疑い深い男だ」

村瀬は薄く笑った。

そのとき、屈《かが》み込んでいるオセイが右腕を泳がせた。その手にはアーミーナイフが握られていた。刃渡りは十数センチだろう。肌の黒い男は、不良外国人だったのか。

切っ先が須藤の左の向こう臑《ずね》を掠《かす》めた。須藤が短い声を発し、大きくよろけた。バランスを崩して、尻餅《しりもち》をつく。

村瀬は無言でオセイの利き腕を蹴った。

アーミーナイフが舞い、道端に落ちた。村瀬は手早く刃物を拾い上げた。

「そっちは、不良ナイジェリア人の仲間だったのか？」

「ノー、ノー！　わたし、真面目なガーナ人ですよ。でも、七カ月前に日本人のチンピラたちに仕事帰りに恐喝されて、持ってたお金をそっくり奪われた。それだから、わたし、護身用のナイフを持つようになりました」

「不法滞在者でもないんだな？」

「もちろんです。わたし、就労ビザを持ってます」

オセイが立ち上がって、懐《ふところ》を探《さぐ》った。掴《つか》み出した身分証を街灯に翳《かざ》す。

村瀬は目を凝《こ》らした。オセイは間違いなくガーナ人だった。年齢にも偽《いつわ》りはなかった。

須藤が勢いよく立ち上がった。ほとんど同時に、ベルトの下から中国製トカレフのノーリンコ54を引き抜いた。パテント生産されている拳銃だ。原産国は旧ソ連である。

「てめえら二人を撃《ハジ》いてやらあ」

「冷静になれ。おれは警視庁の刑事なんだ」

「フカシこくんじゃねえ」

「いま警察手帳を見せてやる」

村瀬は黒いダウンパーカの前ボタンを外した。須藤が数歩退《さ》がって、右手の親指でハーフコックになっている撃鉄《ハンマー》を掻《か》き起こした。

オセイが急に身を翻《ひるがえ》し、逃げはじめた。

須藤が銃口をオセイの背に向けた。いつの間にか、野次馬が遠巻きに群れていた。村瀬はアーミーナイフをダウンパーカのポケットに滑《すべ》り込ませると、須藤に組みついた。

中肉中背ながら、柔道と剣道はそれぞれ三段だった。怯《ひる》むことはなかった。村瀬は左手で須藤の右腕をホールドし、跳《は》ね腰を掛けた。

暴発はしなかった。

村瀬は須藤を路面に叩きつけ、ノーリンコ54を奪った。すぐに撃鉄《ハンマー》の位置を元に戻す。ノーリンコ54には、いわゆる安全弁はない。撃鉄をハーフコックにしておくことで、暴発を防止する造りになっている。

村瀬は押収した拳銃をベルトに挟《はさ》み、須藤を摑み起こした。ＦＢＩ型の警察手帳を呈示《ていじ》する。

「眼光が鋭いわけじゃねえんで、まさか刑事《デカ》とは思わなかったぜ。おれを銃刀法違反で検挙《アゲ》るつもりなのかよっ」

「当然、そういうことになるな」

「おれは逃げた黒人にアーミーナイフで片足を浅く切られたんだから、被害者でもあるぜ。拳銃《チャカ》は押収してもいいから、見逃してくれねえか。頼むよ」

須藤が拝む真似《まね》をした。村瀬は取り合わなかった。須藤に前手錠を打つ。須藤が悪態《あくたい》をついた。

村瀬は懐から刑事用携帯電話《ポリスモード》を取り出し、事件通報をした。

六、七分待つと、警視庁機動捜査隊と新宿署組織犯罪対策課《ソタイ》の面々が相前後して臨場した。言うまでもなく、鑑識係員たちも駆けつけた。

村瀬は経緯《いきさつ》をつぶさに報告し、須藤の身柄と押収品を所轄署の刑事に引き渡した。ありがたいことに、報道陣が集まる前に事情聴取は終わった。

村瀬は人垣を搔き分け、大股で事件現場から遠ざかった。新宿区役所のある方向に歩く。

村瀬は目黒区碑文谷《ひもんや》で生まれ育った。父はサラリーマン生活を送り、いまは年金で生計を立てている。母はずっと専業主婦だった。

村瀬は次男だ。三つ違いの兄は大手証券会社に勤務し、横浜市日吉《ひよし》にある分譲マンションで妻子と暮らしている。村瀬自身は八年前に実家を離れ、笹塚《ささづか》で賃貸マンション住まいをしていた。間取りは1LDKだ。

村瀬は都内にある私大の政経学部を卒業すると、警視庁採用の一般警察官《ノンキャリア》になった。マスコミ関係の職場で働きたかったのだが、一社も通らなかった。

それで、やむなく警察官になったわけだ。幼いころから曲がったことは嫌いだったが、特に思い入れや使命感はなかった。

現場捜査は性《しょう》に合っていたようで、それなりに手柄を立てた。村瀬は所轄署刑事課強《きょう》行犯《こうはん》係を務《つと》め、ちょうど三十歳のときに本庁捜査一課に転属になった。それからは一貫して殺人犯捜査に携《たずさ》わってきた。

殺人犯捜査係は第一係から第十二係まである。村瀬は一年九カ月前まで、殺人犯捜査第六係の係長だった。職階は警部である。

八年前に警部になったのだが、その後は昇任試験を受けていない。警視になったら、たいがい内勤になる。デスクワークは苦手だった。

村瀬は、第六係の係長時代に汚職絡《がら》みの殺人事件の捜査方針を巡《めぐ》って担当管理官と対立した。そのことで、捜査本部事件から外されてしまった。有力政治家の圧力に屈《くっ》したキャリア警察官僚《キャリア》に絶望した彼は、本気で依願退職する気だった。

しかし、信頼している中尾直道《なかおなおみち》捜査一課長に強く慰留《いりゅう》されて特務に従事するようになったのだ。中尾課長は五十二歳のノンキャリアながら、刑事の鑑《かがみ》である。

いま村瀬は捜査一課長直属の特務捜査員として、殺人事案など凶悪犯罪の支援捜査を担《にな》っている。非公式な役職だが、刑事部長公認だった。

村瀬はいつも独歩行《どつぽこう》だ。専用覆面パトカーとして、黒いスカイラインを貸与されている。前例のないことだった。特務捜査中はシグ・ザウエルＰ230ＪＰの常時携行を許されていた。

これまでに村瀬は、七件の難事件を解決に導《みちび》いた。やや我《が》は強いが、変人というわけではない。どちらかといえば、くだけた人間だろう。独身の気楽さもあって、夜遊びは嫌いではなかった。

ほどなく区役所《くやくしょ》通りに出た。

新宿区役所の斜め前あたりに、柳小路《やなぎこうじ》という呑《の》み屋横丁がある。向かっているのは小料理屋『夕月《ゆうげつ》』だった。

昭和三十年代に創業された店である。三代目を継《つ》いだ神林亜季《かんばやしあき》とは他人ではなかった。先々月に満三十三歳になった亜季は、四年前まで売れない女優だった。

二代目店主だった実父が病死したことで、彼女は夢を諦《あきら》めて『夕月』の三代目になった。独りっ子だった。母親は六年ほど前に他界している。

二人が出会ったのは、およそ二年前だ。同じジャズクラブの客だったことで、自然と親しくなって恋仲になったのである。

村瀬は亜季の容姿と人柄に魅《み》せられているが、強く結婚を望んでいるわけではない。亜季のほうも主婦になりたいとは考えていないようだ。やはり、『夕月』に愛着があるのだろう。

村瀬は区役所通りを横切って、柳小路に足を踏み入れた。昭和のたたずまいを漂わせた小さな酒場が軒《のき》を連《つら》ねている。『夕月』は中ほどにあって、店構えは小体《こてい》だった。

村瀬は暖簾《のれん》を潜《くぐ》った。

右手に小上《こあ》がりがあって、左手にL字形の素木《しらき》のカウンターが伸びている。珍しく今夜は客が少ない。

奥のカウンターに二人の男が並んで腰かけている。どちらも背広姿だった。片方は三十五、六歳で、黒縁《くろぶち》の眼鏡《めがね》をかけていた。もうひとりは四十代の半《なか》ばだろうか。

村瀬は出入口近くのカウンターに落ち着いて、セブンスターに火を点《つ》けた。

「いらっしゃい」

和服姿の亜季が近づいてきて、おしぼりを差し出した。村瀬は小声で確かめた。

「奥の二人、初めての客みたいだな」

「『明誠《めいせい》エステート』という不動産会社の営業の方たちなの。中国人実業家がこのあたり一帯を地上げして、商業ビルを建てたがってるんだって」

「そうなのか」

「相場の坪単価の五倍で売ってくれないかと打診されたんだけど、もちろん断ったわ。飲みものは、いつもの芋焼酎《いもじようちゆう》のロックね」

亜季がにこやかに言って、さりげなく離れた。

数分後、不動産会社の二人がほぼ同時に腰を浮かせた。上司らしき四十代の男が勘定を払い、片手を掲《かか》げた。

「ママ、また寄らせてもらいます」

「何度足を運んでいただいても、わたしの考えは変わりませんので……」

「飛躍のチャンスじゃありませんか。赤坂《あかさか》のみすじ通りあたりに移転しても、美人女将《おかみ》目当ての客は多いと思いますよ」

「せっかくのお話ですけど、うちは店舗も土地も手放す気はありませんから」

「愛着がおありなんでしょうが、いつまで営業できますかね。実は、すでに売買契約を締結したお店が四軒もあるんですよ」

「桐野《きりの》さんでしたわね。その話は本当なんですか？」

亜季が訊《き》いた。

「ええ。駆け引きなんかじゃありません。後継《あとつ》ぎが見つからないから、店を畳む汐時《しおどき》と踏んだ方たちがいらっしゃるわけですよ。その方たちのお名前を教えることはできませんけど」

「ま、そうでしょうね」

「神林さん、腹を割って希望額を提示していただけませんか」

「見損なわないでください。たとえ百億積まれても、この土地を売るつもりはないわ。わずか二十坪弱ですが、祖父と父の思い出が詰まった土地なんですよ」

「買収した店舗が解体されて歯抜け状態になったら、常連客の足も遠のくんじゃないのかな」

眼鏡をかけた若い営業マンが言葉に節《ふし》をつけて言い、亜季に挑発的な眼差《まなざ》しを向けた。

亜季が相手を睨《にら》み返す。

「店を移転させる気がないと判断したら、いろんな厭《いや》がらせをする気なんですかっ」

「バブルのころの地上げ屋は柄の悪い連中を使って厭がらせをやらせて、家主や地主を心理的に追い込んで目をつけた物件を次々に手に入れたようですね。しかし、当社はまともな不動産業者です。そんな荒っぽいことはしませんよ。ね、桐野部長？」

若い社員が上司に同意を求めた。

「いま柿沼《かきぬま》が申したように、『明誠エステート』はマザーズ上場《じょうじょう》企業です。裏社会との繋《つな》がりはありませんから、ダーティーな手段なんか使いません。どうか安心して営業をつづけてください」

「とにかく、お引き取りください。さきほど払っていただいたお代はお返ししますから」

「われわれはビールと肴《さかな》を幾《いく》つか注文しました。勘定はきちんと払って帰りますよ」

桐野が部下の肩を叩いて、店を出ていく。すぐに柿沼が倣《なら》った。

「塩を撒《ま》きたいくらいだわ」

「まともに相手にならないで、きっぱりと断りつづければいいんだよ。そうすれば、そのうち諦めるさ」

「そうかしら」

「きょうは珍しく客が少ないな。食材を無駄にするのはもったいないから、刺身の盛り合わせと蟹鍋《かになべ》をオーダーするか」

「無理をしないで。あなたには、いつも売上に協力してもらってるんだから……」

「ほかに客が来ないようだったら、二人で飲もう」

「いまお酒と肴の用意をするわね」

亜季が嬉しそうな表情で準備に取りかかった。村瀬は、先に供された芋焼酎と突き出しの馬刀貝《まてがい》を引き寄せた。

少し待つと、刺身の五点盛りと蟹鍋が運ばれてきた。亜季がカウンターから出て、村瀬の隣に坐《すわ》った。

二人は差しつ差されつしながら、グラスを重ねた。亜季は純米酒を傾けた。

「こういう晩がたまにはあってもいいわね。お客さんが大勢いるときは、あなたとろくに話もできないもの」

「きみ目当てで通ってる中高年の客が多いんだから、おれは『夕月』に顔を出さないほうがいいのかもしれないな」

「お客が少なくなっても、週に一度ぐらいは来てほしいわ。あなたが視界に入ってるだけで、心弾むの。商売にも熱が入るのよ」

「おれはガソリンみたいだな」

「うふふ」

亜季が火照《ほて》った頰《ほお》を村瀬の肩に寄せてきた。村瀬は亜季の体を抱き寄せた。

そのすぐ後《あと》、古ぼけたオーバーコートや擦《す》り切れたダウンパーカを着込んだ初老の男たちが店になだれ込んできた。

四人だった。おおかた路上生活者《ホームレス》だろう。揃《そろ》って顔は垢《あか》で黒光りしている。異臭も放っていた。

「おれたちは宿なしだけどさ、無銭飲食する気はないんだ。銭《ぜに》はちゃんと持ってる」

口髭《くちひげ》を生やした六十七、八歳の男が五枚の万札をひらひらさせながら、亜季に語りかけた。

亜季は明らかに困惑顔だった。しかし、客商売である。身なりが粗末という理由だけで入店を断ったら、人権問題になるだろう。

亜季が椅子《いす》から立ち上がって、四人の客を小上がりに案内した。

「ママ、うまいもんを喰《く》わせてくれないか。もちろん、酒もどんどん運んでほしいな」

口髭の男がそう言い、座卓に向かった。ほかの三人も胡坐《あぐら》をかいた。

「ずいぶん景気がいいんですね」

「スポンサーがついたんだよ。今夜はカプセルホテルに泊まるつもりなんだ。雑居ビルの踊り場なんかを塒《ねぐら》にしてるんだけど、この季節は寒くて熟睡できないんだよ」

「そうでしょうね。スポンサーはどなたなんです？」

「名前までは教えてくれなかったが、不動産関係の仕事をしてるって二人組がおれたちに五万円くれて、この店で飲み喰いしてくれないかと言ったんだ」

「そうなんですか」

「毎晩みんなで『夕月』に通ってくれたら、少しまとまった謝礼を四人に払ってくれるとか言ってたな。何を考えてるか知らないが、ありがたい話だよ」

「お飲みものは何になさいます?」

「とりあえずビールがいいな。それから焼酎に切り替えるけど、刺身の盛り合わせと寄せ鍋を注文しよう」

「承知しました」

亜季が小上がりから離れ、カウンターの向こう側に回り込んだ。

表情が暗い。『明誠エステート』の桐野たちが四人のホームレスを使って、『夕月』の営業を妨害させる気になったのではないか。

村瀬は、そう推測した。路上生活者たちが連日のように店に飲みにきたら、常連客は次第に遠のいてしまうだろう。

新手《あらて》の厭がらせなのではないか。明らかに業務妨害と感じ取れたら、見逃すわけにはいかない。

村瀬はそう考えながら、グラスを呷《あお》った。

2

眠りを解《と》かれた。

村瀬は瞼《まぶた》を開けた。セミダブルのベッドの際《きわ》に亜季が立っていた。彼女の自宅マンションの寝室だ。村瀬はトランクスだけで横たわっていた。前夜は亜季と熱く体を求め合い、そのまま眠りについたのである。

「起こすのは気の毒だと思ったんだけど、坪倉《つぼくら》さんから電話で気になること聞いたもんだから。ごめんね」

亜季が済まながった。村瀬は首を振って、上体を起こした。

寝室は暖房が効《き》いていた。少しも寒くなかった。村瀬は、ナイトテーブルに置いた自分の腕時計に視線を落とした。午前九時半過ぎだった。

坪倉というのは、亜季の亡父の下で長いこと働いていた板前だ。七年ほど前に独立して、花道《はなみち》通りでスタンド割烹《かっぽう》を営《いとな》んでいる。坪倉は五十代の半ばで、俠気《おとこぎ》があった。

亜季が『夕月』の三代目になったときから、自分の店の分と一緒に築地《つきじ》市場や大田《おおた》市場で魚介や野菜などを仕入れてくれている。坪倉は『夕月』のスペアキーを使って、営業日には食材を運び入れていた。

「坪倉さんが電話で気になることを言ってたって？」

「そうなのよ。今朝《けさ》いつものように食材を『夕月』に届けてくれたときに気づいたらしいんだけど、柳小路の飲食店の前に大量のコールタールが撒かれてたらしいの。坪倉さんが行ったときは、まだ凝固《ぎょうこ》してなかったんだって」

「それじゃ、靴は真っ黒になってしまったんだろうな」

「坪倉さんは何も言ってなかったけど、履《は》いてた靴は台無しになったでしょうね」

「そうだろうな」

「うちの店に四人のホームレスを送り込んだり、柳小路にコールタールを撒かせたのはおそらく『明誠エステート』の者なんだと思うわ。わたし、新宿署の市民相談センターに行ってみようかしら」

「そう疑えるが、『明誠エステート』の仕業《しわざ》と決めつける証拠を摑んだわけじゃないんだ」

村瀬は言った。

「ええ、そうね」

「新宿署に相談に行っても、すぐには動いてくれないだろう」

「それなら、西新宿にある『明誠エステート』の本社に行って桐野等《ひとし》という営業部長を問い詰めてみるわ」

「鎌《かま》をかけても、ボロは出さないだろうな。おれが探《さぐ》りを入れてみるよ」

「でも、職務で忙しいんでしょ？」

亜季が問いかけてきた。警察官が職務に関することを部外者に明かすことは禁じられていた。

だが、村瀬は自分が捜査一課長預かりの身であることを亜季には教えてあった。もちろん、特務捜査の内容まで明かすことはなかった。

側面支援の出動指令が下《くだ》されなければ、村瀬は登庁しなくてもよかった。毎日が非番のようなものだ。時間はたっぷりあった。

「きのう、店で桐野と柿沼の二人は名刺を差し出したんだね？」

「ええ」

「その名刺を少しの間、預からせてくれないか」

「いいわよ。シャワーを浴び終えるまでには朝食の用意をしておくわ」

「悪いな」

「気にしないで」

亜季がほほえみ、寝室から出ていった。村瀬はベッドに腰かけ、紫煙《しえん》をくゆらせはじめた。深く喫《す》いつけると、頭がはっきりとしてきた。

亜季の自宅の間取りは３ＬＤＫだった。父親が購入したマンションで、いまは亜季の名義になっているはずだ。

村瀬は一服すると、浴室に足を向けた。

脱衣室と浴室は空調でほどよく暖められていた。村瀬は全身にボディーソープの泡を塗《ぬ》り拡《ひろ》げ、熱めのシャワーを肌に当てた。

脱衣室には真新しいトランクス、ソックス、長袖のヒートテックなどが置かれていた。亜季が気を利かせて買い揃えてくれていたものだ。その近くには、厚手のオフホワイトのチノクロスパンツと黒いタートルネック・セーターが見える。村瀬はラフな服装が好きだった。

預けてあるシェーバーで髭を当たり、身繕《みづくろ》いをする。歯磨きは、いつも食後にする習慣だった。

村瀬はダイニングキッチンに移った。

食卓には、朝食が調《ととの》えられていた。ハムエッグ、野菜サラダ、トーストとありふれた献立だが、仄々《ほのぼの》とした気分になった。村瀬はめったに自炊しない。ほとんど外食だった。

二人は差し向かいで朝食を摂《と》りはじめた。淹《い》れたてのコーヒーが香ばしい。

「きょうもホームレスの四人が店に来るのかな」

亜季が不安顔で呟《つぶや》いた。

「来たとしても、入店を拒否するわけにはいかないだろう?」

「ええ、それはね。昨夜《ゆうべ》、四人は品のない飲み方をして大声で騒いでたでしょ?　しかも、閉店時間の午後十一時四十五分になっても帰ろうとしなかったわ」

「そうだったな。コップや皿も割った」

「ええ。あんな調子で騒がれて、ほかのお客さんに絡んだりされたら……」

「商売にならなくなるだろうな」

「証拠があるわけじゃないけど、あの四人のスポンサーは『明誠エステート』にちがいないわ。地上げが思うようにいかなかったから、お金に困ってる人たちに柳小路の飲食店に次々に火を点けさせる気なんじゃない？」

「そこまで悪質な厭がらせはしないと思うがな」

村瀬は言って、コーヒーをブラックで啜《すす》った。

数秒後、卓上に置かれた亜季のスマートフォンが着信した。亜季が断って、スマートフォンを耳に当てる。

発信者は坪倉のようだった。通話は五、六分で終わった。

「坪倉さんからの電話だったようだな」

「そうなの。坪倉さんのお店の常連さんに不動産会社の社長がいるんだって。それでね、『明誠エステート』の評判を訊いてみたらしいのよ」

「で、どうだったんだい？」

「布施貴男《ふせたかお》って代表取締役は七十一、二歳らしいんだけど、バブル時代に地上げ屋として暗躍してたそうなの。景気が悪くなると、今度は地下げ屋として都内の商業地の値を大幅に下落させてたんだって」

「それで、不動産の転売で荒稼ぎしてたんだろうな」

「ええ、そうなんだと思うわ。そういう人間なら、闇社会と繋《つな》がってるんじゃない？」

「ああ、おそらくな。中国人の富裕層は自国の土地を所有することができないんで、外国の不動産を買い漁《あさ》ってる」

「それだけじゃなく、水利権や牧草地ごと日本の畜産会社を買収して食肉の卸しまでやってるんでしょ？」

「そうらしいな」

「ただね、坪倉さんの情報によると、『明誠エステート』の布施という社長は外国人嫌いで有名なんだって」

「だとしたら、中国人実業家が柳小路一帯の土地を手に入れたがってるという話は怪しいな」

「確かにね。暴力団の企業舎弟《フロント》かベンチャービジネスで大成功した実業家が柳小路一帯を手に入れたがってるのかな。バブルのころ、ゴールデン街の地上げには大手不動産会社だけではなく、ブラックな企業も熱心だったと死んだ父から聞いたことがあるのよ」

「そのあたりのことも探《さぐ》ってみよう」

村瀬はそう言い、フォークでハムエッグを掬《すく》った。トーストと野菜サラダも平らげ、洗面所に向かう。

村瀬は入念に歯を磨いてから、ダウンパーカを羽織《はお》った。二枚の名刺を預かり、灰色のマフラーを首に掛けて亜季の自宅を出る。八階だった。

村瀬はエレベーターで一階に下《くだ》り、JR目白《めじろ》駅に向かった。

山手線で新宿駅まで行き、『明誠エステート』をめざす。目的の不動産会社は西新宿二丁目の雑居ビルの五階にあった。ワンフロアを借りているようだ。

出入口のそばに受付カウンターがあった。

村瀬は受付嬢に警察手帳を見せ、桐野営業部長との面会を求めた。

「あいにく桐野は会議中でして……」

「柿沼涼太《りょうた》さんでもかまいません」

「そうですか。あのう、桐野と柿沼が何か問題を起こしたのでしょうか？」

「そういうことじゃないんだ。ちょっと確かめたいことがあるだけなんですよ」

「そうですか。そちらの応接コーナーでお待ちになってください」

受付嬢が右手のソファセットを手で示《しめ》した。

「職場の方たちに遣《や》り取《と》りを聴かれないほうがいいだろうな」

「とおっしゃいますと、桐野たちが法に触《ふ》れるようなことをしたんではありませんか？」

「通路で待ってますんで、よろしく！」

村瀬は一方的に言って、受付カウンターに背を向けた。オフィスを出ると、通路の端にたたずんだ。

待つほどもなく、眼鏡をかけた柿沼が現われた。

「あっ、あなたは昨夜《ゆうべ》、『夕月』のカウンターにいた男性《ひと》でしょ？」

「記憶力は悪くないようだな。警視庁の者なんだ」

村瀬は警察手帳を短く掲《かか》げた。

「刑事さんでしたか。わたし、別に疚《やま》しいことはしてませんよ」

「そうかな。場合によっては、業務妨害教唆《きょうさ》の容疑で逮捕されることになるかもしれないぞ」

「わ、悪い冗談はよしてください」

柿沼が顔をしかめた。村瀬は曖昧《あいまい》な笑みを浮かべて、片腕を柿沼の肩に伸ばした。

「な、何をするんですか⁉」

柿沼が全身を強張《こわば》らせた。村瀬は黙したまま、柿沼をエレベーターホールの陰に連れ込んだ。死角になる場所だった。

「用件を早くおっしゃってください」

「せっかちだな。『明誠エステート』が柳小路一帯の地上げをしたいことはわかってる。それから、布施社長がバブルのころに強引な手段で地上げをしたことも知ってるよ。不景気になってからは、地下げ屋として暗躍してた。土地の転売ビジネスは、だいぶおいしいようだな」

「前置きは結構ですから、早く本題に入ってほしいな」

「いいだろう。きのうの夜、おたくたちが帰った後《あと》、四人のホームレスのおっさんたちが『夕月』に飲みに来た。リーダー格の口髭を生やした男は五枚の万札を見せびらかしてたな」

「それが何だとおっしゃるんです?」

「口髭をたくわえたおっさんは、不動産関係の仕事をしてる二人連れの男に五万円の飲み代《しろ》を貰《もら》ったと言ってた」

「……………」

柿沼は何も答えなかったが、狼狽《ろうばい》の色は隠せなかった。

「やっぱり、そうだったか。ホームレスに五万円をくれてやったのは、上司の桐野部長なんだろう?」

「部長がそんなことするわけありませんよ。わたしも無関係です」

「握手しよう」

「えっ⁉ 唐突になんなんですかっ」

「いいじゃないか」

村瀬は柿沼の右手を取るなり、力任せに握った。握力は人の二倍は強かった。リンゴを握り潰《つぶ》すこともできる。

柿沼が苦痛に顔を歪《ゆが》めはじめた。黒縁眼鏡が傾いて、鼻までずり落ちかけている。

「こっちはゲイじゃないんで、そっちの急所を握る気はない。でもな、その気になれば……」

「睾丸《こうがん》を潰すこともできる? いくらなんでも、それははったりでしょ?」

「試《ため》してみるかい?」

「やめろ! 急所を握らないでくれーっ」

「こっちだって、そっちの金玉なんか握りたくないよ。それじゃ、右手の指を何本か折ることにするか」

村瀬は言って、さらに右手に力を漲《みなぎ》らせた。

「離してくれ。手を離してくださいっ。お願いだから、もう力を抜いてくれませんか」

「こっちの質問に素直に答えたら、勘弁してやろう」

「法の番人がこんな手荒なことをしてもいいんですかっ」

「警察官は二十九万人もいるんだよ。職員数は約七千人だ。巨大組織になれば、いろんな奴がいる。ヤー公以上の悪党《ワル》もいるし、強盗や強姦殺人までやっちまうお巡りもいるんだ。こっちも品行方正とは言えないな」

「そうだとしても、こんな乱暴なことをする刑事なんかいないでしょ？」

「おれはね、自分の手を汚さない犯罪者が大嫌いなんだよ。そういう狡《ずる》い人間には非情に接してる。心根《こころね》の腐《くさ》った奴らは密《ひそ》かに葬《ほうむ》ってもいいとさえ思ってるんだ」

「アナーキーすぎますよ。日本は法治国家なんですから、暴力はいけません。あっ、指先の感覚がなくなってきた」

「それなら、指の骨が折れても、ほとんど痛みは感じなさそうだな」

「頼むから、すぐに離して！　き、気が遠くなってきた」

柿沼が弱々しく言って、白目を晒《さら》した。村瀬は力を緩《ゆる》めなかった。

「ホームレスの四人に金を渡して、『夕月』の営業を妨害させることを思いついたのは桐野部長なんですよ」

「やっぱり、思った通りだったな」

「最初、部長は半グレの連中に『夕月』の客に絡ませようとしたんです。だけど、そんなことをしたら、一一〇番される恐れがあるんで……」

「作戦を変更したわけか」

「そうです、そうなんですよ。垢に塗《まみ》れたホームレスたちだって飲食代をちゃんと払えば、れっきとした客です。入店を断ることはできないはずでしょ？」

「ああ、そうだな。今朝《けさ》未明に柳小路の飲食店の前にコールタールを撒かせたのも、部長の桐野なんじゃないのか。え？」

「えっ、そんなことがあったんですか⁉　わたしは知りませんでした。部長は地上げが進まないようだったら、柳小路に糞尿《ふんにょう》を撒き散らしてやるなんて真顔《まがお》で言ってましたけどね」

「中国人実業家が柳小路一帯の土地を手に入れて、商業ビルを建てたがってるんだってな。参考までに、その中国人の名前を教えてもらおうか」

「それは……」

柿沼は口ごもった。

「答えろ！」

「依頼主の名を教えるわけにはいきません」

「依頼人は中国人実業家じゃないんだろ？　布施社長は外国人嫌いらしいじゃないか。本当の依頼人は、どこの誰なんだっ」

「もう勘弁してくださいよ」

「口を割らなきゃ、桐野とそっちを業務妨害教唆容疑で逮捕することになるぞ。おれは、『夕月』をひいきにしてるんだ。寛《くつろ》げる店だから、地上げ業者とはとことん闘うからなっ」

「まいったな」

「布施社長は叩けば、いくらでも埃《ほこり》が出そうだ。社長の悪事が露見したら、『明誠エステート』は倒産に追い込まれるだろうよ」

「そ、そんな!?」

「部長とそっちが書類送検で済んだとしても、勤め先がなくなったら、路頭に迷うことになるだろう。それでもいいのかっ」

「こ、困りますよ。本当の依頼人は東証《とうしょう》一部上場の格安航空会社の『フェニックス・エアライン』です。地上げした土地に高級スポーツクラブを建てたいようですよ」

「桐野部長に検挙されたくなかったら、地上げを断念しろと言っとけ。それから、布施社長には昔の悪事を暴《あば》かれてもいいと開き直れるかどうかと伝えるんだ。いいなっ」

「柳小路の地上げ交渉から手を引けば、部長とわたしは犯罪者にならなくても済むんですね。さらに会社も倒産に追い込まれる心配も消えるわけか」

「チンケな裏取引だが、そういうことになるだろう」

「あなたに言われた通りにしますよ」

「約束を破ったら、身の破滅だぞ」

村瀬は握手を解き、顎《あご》をしゃくった。

柿沼が右手を振り動かしながら、職場に戻っていった。

村瀬はエレベーターの函《ケージ》に乗り込み、雑居ビルを出た。脇道に足を踏み入れ、私物のスマートフォンで亜季に電話をかける。

スリーコールの途中で、通話可能状態になった。村瀬は経過を詳しく話した。

「『明誠エステート』はすんなり地上げを中止してくれると思う?」

「おれの勘では、五分五分ってとこだな。布施社長が裏取引に応じないようだったら、徹底的に追い込んでやるさ。どんな汚い手を使ってでも、『夕月』は護《まも》り抜くよ」

「頼もしいな。惚《ほ》れ直したわ。ありがとう!」

亜季が安堵《あんど》した声で礼を述べ、通話を切り上げた。

村瀬はスマートフォンをダウンパーカの右ポケットに戻した。歩きはじめて間もなく、内ポケットで刑事用携帯電話《ポリスモード》が振動した。ふだんはマナーモードにしておくことが多い。

村瀬はポリスモードを取り出した。

ディスプレイを見る。発信者は中尾捜査一課長だった。

「いまは笹塚の自宅にいるのかな？」

「野暮用で西新宿まで来てるんですよ。特務の出動要請ですね？」

「その通りだ。できれば、正午前に登庁して課長室に来てもらえないだろうか」

「すぐに桜田門《さくらだもん》に向かいます。それでは、後《のち》ほどお目にかかりましょう」

村瀬はポリスモードを折り畳んだ。

3

エレベーターが停《と》まった。

警視庁本庁舎の六階だ。村瀬は函から出た。刑事部は四階から六階のフロアを使っていた。六階には刑事部長室、捜査一課と組織犯罪対策部第四課の刑事部屋などがある。

村瀬はごく自然に周《まわ》りを見回した。

顔見知りの捜査員の姿は見当たらない。村瀬は急ぎ足で進み、捜査一課長室のドアをノックした。マフラーを外し、ダウンパーカを脱ぐ。

名乗ると、すぐに中尾課長の応答があった。

村瀬は素早く入室した。課長は机に向かって、捜査報告書に目を通していた。

「早かったね。ま、掛けてくれ」

「はい」

村瀬は右手にあるソファセットに歩み寄った。しかし、すぐには着坐しなかった。

中尾課長が机上の黒いファイルを抱え、アーム付きの椅子から立ち上がった。村瀬は課長が坐ったのを見届けてから、向かい合うソファに腰かけた。

「早速だが、去年の十二月中旬に新宿区内で日東《にっとう》テレビ報道局社会部記者がスリングショットと呼ばれてる狩猟用強力パチンコで頭部を直撃されて死んだ犯罪《ヤマ》は憶《おぼ》えてるね？」

「もちろんです。その事件《ヤマ》は大々的に報道されましたんで、関心を持ってました。確か被害者《マルガイ》は『ジャーナル9《ナイン》』の取材チームのリーダーだったんではありませんか」

「そう。内海《うつみ》健斗《けんと》という名で、まだ三十八歳だった。凶器はアメリカ製の洋弓銃《クロスボウ》で、放たれたのは十五ミリのスチール弾球だったんだ。至近距離から狙われたようで、弾球は脳を貫通してた」

「カラス退治にはコルク弾球や粘土弾球が使われてるようですが、ビー玉より大きなスチール弾《だま》で頭部を直撃されたんなら、ほぼ即死だったんでしょうね」

「機捜《きそう》のパトカーが真っ先に現場を踏んだんだが、すでに被害者は絶命してた。殺害された内海は二年前まで、毎朝日報《まいちょうにっぽう》社会部の記者だったんだよ。日東テレビに移ったんだが、正社員として採用されたわけじゃない。特約記者として雇われたんだ。要するにフリーの記者だね。しかし、実力が認められて、社員になったんだよ」

「そのことは報道で知ってます。被害者は、新聞記者時代の〝誤報〟の責任を取る形で転職したようですね」

「そうなんだ。新宿署に設置された捜査本部の調べで、内海は上司のデスクの仕組んだ罠《わな》に引っかかって、事実とは異《こと》なる記事を書いてしまったことがわかったんだよ」

「〝誤報〟は仕組まれたものだったんですか。課長、当時のデスクのことを教えてください」

「名は宮脇順次《みやわきじゅんじ》、現在、四十五歳だ」

「その宮脇は、なぜ内海健斗を陥《おとしい》れようとしたんです？」

「内海は敏腕記者として社内で注目されてて、幾度も特種《とくだね》をスクープしてた。宮脇には、優秀な部下が目障《めざわ》りだったんだろうな。そのうちデスクの席を奪われるかもしれないという強迫観念に取り憑《つ》かれてたんじゃないだろうか」

　中尾が言った。

「そうなのかもしれませんね」

「杉並区内で発生した強盗事件の取材は内海の同僚記者が担当してたんだが、インフルエンザに罹《かか》って五日ほど欠勤したんだよ。そのとき、デスクの宮脇は病欠してる部下の取材ノートと証言音声と称した偽のデータを渡して内海に問題の記事を書かせたんだ」

「その取材ノートと証言音声は偽物だった。そうなんですね？」

「そう。デスクの宮脇が捏造《ねつぞう》したものだったんだよ。上司を信頼してた内海は、でっち上げ記事を書かされたわけさ」

「デスクを務めてた宮脇は、まともじゃないな。クレージーですよ」

「その通りなんだが、何がなんでも自分のポストにしがみつきたかったんだろうね。それだけ出世欲が強かったんじゃないのか」

「でしょうね。全国紙が〝誤報〟をやらかしたんですから、内海だけが責任を取らされたわけじゃないんでしょ？」

　村瀬は確かめた。

「〝誤報〟の仕掛人の宮脇デスクは解雇され、社会部の部長だった垂石《たるいし》彰《あきら》、五十四歳も引責辞職したんだ」

「〝誤報〟で迷惑を掛けられた者たちは当然、毎朝日報を告訴したんでしょう？」

「その準備はしてたようだが、示談が成立したんだよ。元検事の毎朝日報の顧問弁護士が根回しをして、犯罪者扱いされた二人の配管工には多額の迷惑料を払えと社主に助言したんだろうな」

「公正中立を表看板にしてる天下の毎朝日報もイメージダウンはどうしても避けたかったんでしょう」

「そうなんだろうね。〝誤報〟の仕掛人の宮脇デスクは書類送検すらされなかった」

「そんなばかな」

「きみが義憤を覚えるのは当然だ。毎朝日報はヤメ検大物弁護士に泣きついて、事をあやふやにしてもらったにちがいないよ」

「おそらく、そうだったんでしょうね。〝誤報〟の罪を被せられた内海は、どうして真相を公《おおやけ》にしなかったんでしょうか」

「捜査本部《チョウバ》に最初に出張《でば》らせた殺人犯捜査第三係はもちろん、追加投入した第七係、第十係にもその点を調べさせたんだが……」

「内海健斗が真相を暴露しなかった理由は、いまも不明なんですね？」

「そうなんだよ。まごまごしてたら、第四期を迎えてしまう。捜査費用は所轄の新宿署が負担することになってるんで、さすがに焦《じ》れてきたんだ。で、きみの力を借りることにしたわけさ。できれば、一日も早く事件を落着させてほしいね」

中尾課長が切っ羽詰まった表情で言った。

「一介の支援要員ですから、すぐに大きな手がかりは得られないでしょうが、ベストを尽くします」

「頼りにしてるよ。例によって鑑識写真と関係調書の写しを理事官に集めさせておいたから、まず目を通してみてくれないか」

「はい」

村瀬は、コーヒーテーブルに置かれたファイルを引き寄せた。

表紙とフロントページの間に、鑑識写真の束《たば》が挟《はさ》んであった。二十数葉《よう》で、すべてカラー写真だった。

東京都監察医務院《かんさついむいん》で司法解剖されたときの写真も何枚か添えられている。被害者の内海は目鼻立ちが整い、知的な容貌《ようぼう》だった。

村瀬は現場写真から繰《く》りはじめた。

新宿区余丁町《よちょうまち》の裏通りの路上に俯《うつぶ》せに倒れ込んだ被害者の頭部の半分近くは、血糊《ちのり》で覆《おお》われていた。後頭部の射入孔《しゃにゅうこう》は、凝固血で判然としなかった。

着衣に大きな乱れはない。内海は歩行中に背後から、スリングショットでスチール弾球を頭部に撃ち込まれたようだ。

路上のほぼ中央に、狐色《きつねいろ》の革のショルダーバッグが転がっている。開けられた状態ではない。加害者は内海の命だけを狙ったと思われる。

被害者が仰向《あおむ》けにされた写真もあった。額《ひたい》には大きな射出孔が見える。直径二センチはありそうだ。鮮血が垂れ、顔面に赤い縞《しま》模様が描《えが》かれている。

村瀬はすべての鑑識写真を見ると、捜査資料を読みはじめた。

事件調書の文字を目で追い、司法解剖所見も読んだ。ファイルは分厚かった。

事件は昨年十二月十五日の午前六時二十分過ぎに発生した。現場近くに住む主婦は屋外で男の呻き声がしたので、すぐさま自宅から飛び出した。

すると、路上に被害者が倒れていた。大声で呼びかけたが、返事はなかった。発見者は自宅の固定電話で一一〇番通報した。

通報者は、犯人らしき人物を見ていなかった。初動捜査で付近一帯の聞き込みがされたが、不審者の目撃情報は得られなかった。

人の争う物音を耳にした者も皆無だった。防犯カメラの映像もことごとくチェックされた。だが、手がかりは得られなかった。

捜査本部は地取り捜査を切り上げ、鑑取《かんど》りに力を注《そそ》いだ。

捜査班の面々は手分けして、被害者の血縁者、同僚、友人、知人に総当たりした。

その結果、新聞記者時代の元上司の宮脇順次に被害者が逆恨《さかうら》みされている節《ふし》があったという複数人の証言を得た。捜査本部は宮脇をマークしはじめた。

ところが、宮脇にはれっきとしたアリバイがあった。ただ、それだけでシロとは断定できない。宮脇が第三者に内海を殺害させた疑いも拭《ぬぐ》いきれないからだ。あるいは、偽装工作だったとも考えられる。

第二期に入ると、捜査班のメンバーは宮脇に張りつきつづけた。しかし、宮脇が誰かに代理殺人を依頼した気配はまったくうかがえなかった。

それどころか、宮脇は部下だった内海を陥れたことを深く悔やみ、個人的に元検察事務官に犯人捜しをさせていた。そうした形で償《つぐな》いたかったという気持ちに偽りがなければ、宮脇は事件には関与していないだろう。

しかし、刑事は何事も疑ってみる習性がある。宮脇が捜査の目を逸《そ》らすため、猛省した振りをしているとも考えられなくはない。

捜査班は元検察事務官のフリー調査員の江上将義《えがみまさよし》、四十八歳から聞き込みを重ねた。

江上は宮脇との遣り取りをICレコーダーに録音していた。宮脇は元部下の内海を陥れたことを深く反省し、涙声で犯人を突きとめてほしいと哀願していた。

江上は着手金の三十万円を受け取ったことを認め、銀行の預金口座も捜査員に見せた。そうしたことがあって、捜査本部は宮脇を捜査対象者リストから外した。

新聞社を追われた宮脇は中堅の広告代理店に再就職して、コピーライターとして地道に働いている。新しい職場に馴染《なじ》み、特に問題は起こしていない。

第三期に入ると、捜査班は毎朝日報社会部の部長だった垂石を怪しみはじめた。

大手新聞社の部長に昇進した男が、部下たちの不始末で引責辞職に追い込まれたのだ。〝誤報〟を仕組んだ元デスクの宮脇の愚かさに腹を立てただろうし、うっかり事実と違う記事を書いてしまった内海の軽率ぶりにも怒りを感じたのではないか。

垂石は腹立ち紛《まぎ》れに先に内海を誰かに始末させ、そのうち宮脇も抹殺しようと考えているのかもしれない。犯行動機は弱いが、捜査本部は内偵捜査を開始した。

毎朝日報を退職した垂石は親の遺産を元手にして、月刊総合誌『真相《しんそう》スクープ』の発行人になった。リベラルな言論誌として、論壇ではそれなりに評価されている。

広告はまったく載《の》っていない。発行部数は公称三万部だ。定期購読料だけで刊行しつづけている。おそらく赤字を積み重ねているのだろう。それでも、まだ遺産で賄《まかな》えるのかもしれない。

裕福な貿易商の息子として生まれた垂石は子供のころから面倒見がよく、親分肌だった。周辺の聞き込みで、驚いたことに内海と宮脇の再就職先を紹介したのはなんと垂石と判明した。

それほど器《うつわ》の大きな人間が、かつての部下たちのしくじりを恨んでいるとは考えにくい。捜査本部の担当管理官はそう判断して、垂石彰も捜査対象者リストから外した。

被害者の内海は愛妻家だった。子供に恵まれなかったせいだろうか。仕事一筋で、浮いた話もなかった。不倫相手もいなかったことは確認済みだ。

捜査本部は言うまでもなく、日東テレビ報道局からも情報を集めた。内海が関わっていた『ジャーナル9《ナイン》』は、二時間枠の報道番組だ。土・日以外は毎日、放送されている。週に一度、『ニュースエッジ』と銘打たれた特集企画が放映され、高視聴率を稼いでいた。

『ニュースエッジ』の取材チームは総勢二十名で、内海はリーダーだった。

『ニュースエッジ』の取材チームは国有地の不正払い下げの証拠固めを急ぎ、さらに二人のタカ派国会議員がそれぞれ秘密裡《り》に日本の核武装化を推進しているという情報を得ていた。被害者を含めて取材チームは、それぞれの関係者の動きを探った。

だが、内海の事件に絡んでいるような人物を見つけ出すことはできなかった。こうして捜査は難航することになった。

　村瀬はファイルを閉じて、口の中で唸《うな》った。

「わたしは捜査資料を何度も読み返してみたんだが、疑わしき人物には見当がつかなかったよ。村瀬君はどうかね？」

「関係調書を読んでも、特に怪しいと感じる者は残念ながら……」

「そうか。民自党《みんじ》のタカ派議員の御木本広司《みきもとこうじ》、有馬征夫《ありまいくお》は敵基地攻撃能力を持つ長距離巡航ミサイルの『ＪＡＳＳＭ《ジャズム》－ＥＲ《イーアール》』をアメリカからすぐにも買い入れ、自衛隊のＦ15に搭載すべきだと以前から公言してたが、日本の核武装化を本気で考えてるんだろうか」

「日本も核兵器を抑止力にすべきだと思ってる政官財界人はいるでしょうが、それを実現させることはたやすくないとわかってるはずです」

「そうだろうね。捜査班によると、御木本が密かに核武装化計画を練ってるという密告のフリーメールをネットカフェから日東テレビ報道局社会部に送信したのは、元自衛官の平和運動家みたいなんだよ」

「裏付《ウラ》けは取れてるんですか？」

「いや、確証があるわけではないらしいんだ。しかし、その反戦活動家は右傾化を喰い止める目的で、都内のネットカフェから虚偽情報《ガセネタ》をマスコミに流してたようだな。御木本がタカ派であることは間違いないが、いま北の独裁国を刺激するような真似はしないと思うよ」

「ええ、そうでしょうね」

「『ニュースエッジ』の報道が局員殺害に繋がったんだとすれば、過去の特集企画を快く思ってない視聴者が事件に関与してるんじゃないのかな」

「そういえば、日東テレビの『ジャーナル9』は現代日本のタブーに挑《いど》んできましたよね」

「そうだな。興行界の暗部、暴力団総長とFBIとの裏取引疑惑、ダライ・ラマを利用しようとした新興宗教、日米軍事利権、西日本の県知事の深い闇、健康食品の騙《だま》しのテクニックなどに敢然と挑んできた。そのため、闇社会の首領《ドン》、有力政治家、右翼、極左組織、ナショナル・スポンサーなどから圧力をかけられたと思われる。それでも、『ニュースエッジ』はいまも健在だ。大げさに言えば、命懸《が》けの取材をしてきたんだろうな。その勇気は称《たた》えてもいいと思うね」

中尾が言った。

「そこまでやれるジャーナリストは、それほど多くないでしょう。家族を背負ってる新聞記者、テレビ記者はなかなか禁断の聖域に近づけませんから」

「そうだな。アンタッチャブルな領域に足を踏み入れたことで、命を落としたジャーナリストは何人もいる。不審死したマスコミ関係者も加えると、数十人はいるんじゃないだろうか」

「課長、もっと多いかもしれませんよ」

「多分、そうだろうね。話を元に戻そう。二人のタカ派議員がそれぞれ日本の核武装を望んでたとしても、国民がそれを許さないだろうし、そもそも政治家が個人的にイージス艦や防衛システムをアメリカから内緒で購入することなんかできない」

「ええ、そうですね。第一、巨額の購入費を工面《くめん》できるはずもありません。もちろん法的な根拠がなければ、現職の自衛官の力を借りることはできません」

「ああ、そうだね。傭兵《ようへい》などで私的軍隊を編成したところで、専門知識がなければ、最新兵器を操《あやつ》れない」

「課長のおっしゃる通りです。御木本が極秘に日本の核武装化計画を練ってるという話はあくまで机上の空論か、まったくの虚偽情報《ガセネタ》なんでしょう」

「だろうね。ただ、元防衛副大臣の有馬は本気なのかもしれないぞ。政府に強く働きかけて……」

「日東テレビの報道局は、全面的に捜査に協力してくれたんですか？」

『ニュースエッジ』取材チームのリーダーだった内海が何者かに殺害されたわけだから、捜査には協力的だったはずだ。警察官が殉職したら、わたしたちは弔《とむら》い捜査に力を入れるじゃないか」

「ええ、そうですね」

「同僚記者が殺されたら、一日も早く犯人が捕まることを願うものだろう。被害者と犬猿の仲だった者は別だろうがな」

「警察社会は身内意識が強いですが、民間企業に働く者はもっとドライなんではありませんか」

「そうかもしれないね」

「取材チームのリーダーの死は悼《いた》むでしょうが、スクープ種《ネタ》を部外者に漏《も》らしたりはしないでしょ？　マスコミの報道合戦は熾烈《しれつ》でしょうから、特集企画の取材内容を他局に知られることを恐れてるはずですよ」

「だろうね。日東テレビ報道局は捜査関係者に取材に関する情報の一部しか教えてくれなかったと考えるべきかな」

「ええ、多分ね」

「内海は何かタブーに触れたんで、殺害されたとも考えられる。仕事熱心で、痴情《ちじょう》の縺《もつ》れはなかったようだからな」

「日東テレビ報道局社会部が聖域の闇を抉《えぐ》ろうとしたとしても、おそらく局員たちはそのことを認めないでしょう」

「そうだろうね。しかし、テレビ記者たちが溜まり場にしてる飲食店の従業員たちに探りを入れてみれば、極秘取材してる事案はわかりそうだな」

「日東テレビ周辺の飲食店で聞き込みをしてみます。被害者の奥さんにも会うつもりです」

「そうしてくれないか。わたしは二人の理事官のどちらかに、警視庁《うち》の記者クラブに詰めてる日東テレビの記者にそれとなく探りを入れさせよう」

「お願いします。こっちは例によって、真っ先に事件現場を踏みます。聞き込みに抜けはなかったんでしょうが、一応、付近の家々を回ってみますよ」

「新たな手がかりは期待できないだろうが、犯行現場に立てば、刑事《デカ》魂《だましい》を掻き立てるんじゃないか」

「そうですね。事件現場を見たら、被害者《マルガイ》の上司だった垂石氏に会ってみます。毎朝日報の元社会部長は親の遺産を元手にして、リベラルな『真相スクープ』を発行しつづけてるんでしたよね？」

「そう。ヒモ付きのジャーナリズムには何かと制約があるんで、広告のない総合誌を創刊したようだね。高い志《こころざし》を持ったジャーナリストだったら、日本のタブーに挑む気持ちは失ってないだろう」

「そうでしょうね。垂石氏なら、日東テレビ報道局社会部がスクープしようとしてる種《ネタ》に察しがついてるかもしれないと思ったんですよ」

村瀬は言った。

「なるほどね。垂石彰なら、そのあたりに見当がついてるかもしれないな。それから内海を陥れた元デスクの宮脇順次に関する情報も得てそうだな」

「そうだといいんですが……」

「それにしても、垂石は大人《たいじん》だね。自分の引責辞職を招いた部下たちの不始末を恨みに思うことなく、働き口まで世話してやった。並の人間にはできることじゃないよ」

「金持ちの家で育ったんで、万事におおらかなんでしょう。心が広いんだと思います」

「そうなんだろうな」

中尾課長が呟き、ソファから立ち上がった。執務机の並びに据《す》えられた鍵付きロッカーの扉を開け、茶色い箱を取り出した。

その箱の中には、官給拳銃のシグ・ザウエルP230JP、伸縮式の警棒、専用覆面パトカーの鍵《キー》などが収まっているはずだ。

中尾が茶色い箱を捧げ持って、ソファセットに戻ってきた。着坐し、箱の蓋《ふた》を開ける。

「弾倉《マガジン》には六発装塡《そうてん》しておいた。予備のマガジンが必要なら、すぐに用意させよう」

「いまは必要ありません」

「ショルダーホルスターか、インサイドホルスターか好きなほうを選んでくれないか」

「インサイドを使わせてもらいます」

村瀬は片方を選び、チノクロスパンツの内側にインサイドホルスターを巻いた。ハンドガンをホルスターに突っ込み、特殊警棒をベルトの下に挟む。

「当座の捜査費として五十万用意した。足りなくなったら、すぐ補充するよ」

中尾課長が上着の内ポケットから白い角封筒を抓《つま》み出し、ファイルの上に重ねた。

村瀬は専用捜査車輛のキーを摑み上げ、捜査資料のファイルと札束入りの角封筒を小脇に挟んだ。

「昼食を共にしたいところだが、あまり人目につくのはまずいんでね。コーヒーも出せなかったが、勘弁してくれないか」

「気になさらないでください。どこかで腹ごしらえしたら、事件現場に向かいます」

「単独捜査は何かと大変だろうが、よろしく頼む」

中尾が言った。

村瀬は大きくうなずき、ソファから腰を浮かせた。一礼し、マフラーとダウンパーカを抱えて捜査一課長室を出る。村瀬はエレベーター乗り場に直行し、エレベーターで地下三階まで下降した。地下二・三階は車庫になっていた。

村瀬は奥まったカースペースまで歩き、黒いスカイラインに乗り込んだ。洗車されて、車体は輝いていた。

村瀬はファイルとダウンパーカを助手席に置くと、エンジンを始動させた。

4

人影は見当たらない。

余丁町の事件現場だ。午後一時を回ったばかりだが、ひっそりと静まり返っている。

村瀬はスカイラインを降り、二十数メートル歩いた。

内海が息絶えた場所は見当がついている。その場所で立ち止まり、路面を仔細《しさい》に観察してみた。

事件の痕跡《こんせき》はうかがえなかった。予想していたことだ。落胆はしていない。

村瀬は通報者宅をまず訪ねた。

インターフォンを押しても、まるで応答はなかった。どうやら留守のようだ。

村瀬は念のため、あたり一帯で聞き込みを重ねた。捜査本部の支援要員と称して近隣で協力を求めたのだが、新たな情報は得られなかった。

捜査は無駄の積み重ねだ。たやすく有力な手がかりを得られるものではない。収穫がなくても、それほど気落ちしなかった。

村瀬は専用覆面パトカーに乗り込み、銀座方面に向かった。『真相スクープ』を発行している勇人舎《ゆうじんしゃ》は、中央区銀座一丁目にあるはずだ。

目的地に着いたのは三十数分後だった。

勇人舎は表通りから少し奥まった場所にあった。貸ビルの二階を借りていた。付近は路上駐車禁止ゾーンだった。

村瀬は車を銀座二丁目の立体駐車場に預け、来た道を引き返した。

貸ビルの二階に上がり、勇人舎を訪問する。特に受付は設けられていなかった。

事務フロアには十数卓のスチールデスクが置かれ、八、九人の社員が仕事をこなしていた。女性社員が三人いた。奥に社長室があるようだ。三十歳前後の女性社員が席を離れて、村瀬に近づいてきた。

「失礼ですが、どちらさまでしょう？」

「警視庁の者です。捜査一課の側面捜査を担当してるんですが、垂石社長にお目にかかりたいんですよ」

村瀬はFBI型の警察手帳を短く呈示した。

「アポはお取りいただいているのでしょうか？」

「いいえ。去年十二月十五日の早朝、社長のかつての部下だった内海健斗さんが殺害されたことはご存じでしょ？」

「はい。社長から生前の内海さんの記者魂を見習えとちょくちょく発破《はっぱ》をかけられてますから」

「内海さんの事件に大きな進展がないんで、こっちも駆り出されたんですよ。垂石社長にお取り次ぎ願えませんか」

「わかりました。少々、お待ちいただけますか」

相手が言って、奥に向かった。待つほどもなく彼女が引き返してきた。

「捜査には全面的に協力したいと垂石は申しております。社長室にご案内します」

「お願いします」

村瀬は案内に従った。

やはり、奥に社長室があった。といっても、パーティションで事務フロアと仕切られているだけだった。

村瀬は女性社員を犒《ねぎら》って、社長室に足を踏み入れた。

垂石は左手前の応接ソファセットの横に立っていた。背広姿だった。切れ者といった印象を与えるが、優しそうな顔立ちだ。やや垂れ目のせいで、穏《おだ》やかに見えるのだろうか。豊かな髪はロマンスグレイだった。

「ご苦労さまです。わたしが垂石です」

「捜査一課の村瀬です」

「捜査本部の助っ人だそうですね。坐りましょうか」

二人は自己紹介が済むと、コーヒーテーブルを挟んで向かい合った。

村瀬は手前のソファに坐った。垂石の背後には両袖机が据え置かれ、壁面はキャビネットと書棚で埋まっていた。

「内海君が亡《な》くなって二カ月半になるんだな。惜《お》しい人間を喪《うしな》ってしまった。オーバーに言うと、ジャーナリズム界の損失ですね」

「気骨のある記者だったようですね、故人は」

「ええ、勇気のある硬骨漢でした。『真相スクープ』の購読者が五万人を超えたら、わたしは内海君を引き抜く気でいたんですよ。安月給しか払えないうちは、日東テレビから小社に移ってくれないかとは打診できませんからね」

「垂石さんは懐が深いんだな。仕組まれた〝誤報〟だったとはいえ、あなたは内海さんと宮脇デスクのせいで、毎朝日報社会部長のポストを棄《す》てざるを得なくなったわけでしょう？」

「デスクだった宮脇君が妬《ねた》みから内海君を陥れたんですが、わたしは部下の歪んだ競争心に気づきませんでした。上司として失格ですよ。監督不行き届きでしょう」

「それにしても……」

「部下たちのしくじりは、わたしの失敗でもあります。毎朝日報にしがみつく気はありませんでした」

「二人の部下に怒りを感じなかったんですか？」

「どんな人間もパーフェクトじゃありません。それどころか、人間は愚かで弱い動物です。誰も聖人君子じゃないでしょ？」

「ええ。それでも、部下たちの軽率な行動で垂石さんは毎朝日報にいられなくなったわけですよね。キリストみたいな方だな」

「からかわないでください」

垂石がいったん言葉を切って、すぐに言い継《つ》いだ。

「人の道を外した宮脇君は罪深いことをしたと思いますよ。嵌《は》められてしまった内海君は気の毒でした。しかし、宮脇君にそれだけ妬まれてたのは、記者として非常に高く評価されてたということでしょ？」

「そうなんでしょうが、内海さんは先輩のデスクを信頼してたんで、〝誤報〟をしてしまったんではありませんか。客観的に言えば、宮脇さんは卑劣ですよ。悪質です。内海さんは当然、デスクだった宮脇さんの裏切りに憤《いきどお》ったんでしょ？」

村瀬は確かめた。

「当然のことですが、内海君は猛烈に怒りましたよ。宮脇君を詰《なじ》って、顔面にパンチを浴びせました」

「殴られても仕方ないでしょ？」

「ええ、そうですね。パンチを受けて、宮脇君は自分がとんでもないことをしたと悔やんで、土下坐して内海君に謝罪しました」

「それで、内海さんは水に流す気になったんですか？」

「いや、そういう気持ちにはならなかったようです。ところが、数カ月後に宮脇君が精神安定剤を大量に服《の》んで自殺未遂騒ぎを起こしたんですよ。奥さんがすぐに救急車を呼んだおかげで、宮脇君は命を落とさずに済んだんですがね」

垂石が言った。

その直後、案内に立ってくれた女性社員が社長室に二人分の緑茶を運んできた。会話が中断した。

「どうかお構いなく……」

村瀬は恐縮した。女性社員が一礼し、社長室から出ていった。

「粗茶ですが、どうぞ！　そんなことがあったんで、内海君の怒りは少し萎《しぼ》んだんじゃないのかな。彼は宮脇君を告訴する気でいたようですが、そうはしなかったんです。宮脇君が猛省してると判断したからなんでしょう」

「そうなんですかね」

「宮脇君は二十代のころの内海君に記者としての心得を指導して、よく面倒を見てたんですよ」

「内海さんは、世話になった先輩記者を破滅に追い込むのは酷《こく》だと思うようになったんですかね」

「そうなんでしょう。もともとは気の合う者同士だったんですよ。それだから、内海君は事を穏便《おんびん》に済まそうと考えたんでしょう」

「内海さんも心が広いんだな。垂石さんは二人の部下の働き口を見つけてやったようですね」

「元部下が職を失って家族を路頭に迷わせるようなことになったら、かわいそうじゃないですか。それだから、伝手《つて》を頼って内海君を先に日東テレビ報道局社会部の特約記者にさせたんです。できることなら、正社員として雇ってもらいたかったんですが、内海君は罠《わな》を見抜けずにポカをやってしまった。だから、正規の記者にしてもらえなかったんですよ。その後、活躍が評価されて……」

「正社員になれたんですね。捜査本部の調べによると、強盗事案に関する〝誤報〟について社は記事を書いた記者の個人名は伏せたようですね。それから、仕組まれた〝誤報〟だということも……」

「ええ、伏せました」

「毎朝日報の顧問弁護士は、元東京地検特捜部長の津坂則彦《つさかのりひこ》さんでしたね。大物弁護士は、社主に〝誤報〟の件は単なるミスで通せと助言したんではありませんか。違います？」

「津坂弁護士のアドバイスがあったことは否定しません。それだから、宮脇君を中堅の広告代理店に引き取ってもらったんです。業界最大手の『博通堂《はくつうどう》』に転職させてやりたかったんですが、それでは内海君はなんとなく面白くないでしょ？　それ以前に、先方に断られただろうな。デスクの転職は珍しいことですから、いろいろ勘繰られたはずです」

「でしょうね。そんなことで、宮脇さんを『帝都《ていと》エージェンシー』に世話してあげた。そういうことですね」

「ええ、そうです。宮脇君が仕組んだ〝誤報〟の詳細は表沙汰にはならないよう社主が手を打ったんですが、内海君の事件で捜査当局には知られることになってしまった。しかし、他の新聞社やテレビ局は、どこもそのことを報じてない」

「元検事の津坂弁護士が警察と検察に根回しして、毎朝日報の〝恥〟を闇に葬《ほうむ》ったんでしょうね」

「根拠があるわけではありませんが、多分、そうなんでしょう。宮脇君の謀《はかりごと》が明るみに出たら、毎朝日報は信用を失って経営不振に陥るかもしれません。宮脇君も死を選ばざるを得なくなるでしょう」

「そうなっても、真実から目を逸《そ》らすことはジャーナリズムの敗北なんではありませんか」

「おっしゃる通りなんですが、毎朝日報では大勢の人間が働いてます。当時の編集局長はそれでも宮脇君が〝誤報〟を仕組んだことを記事にして、読者に謝罪すべきだと社主に直訴したんです。しかし、津坂弁護士はそれに強く反対しました」

「そうですか」

「わたしは編集局長の正論を支持すべきだと思いながらも、二人の部下の行く末を考えて板挟みになって悩みました」

　垂石が言って、日本茶で喉《のど》を潤《うるお》した。

「結局、あなたは情《じょう》を優先したわけですね？」

「ええ、そうです。ジャーナリストとしては、恥ずかしい選択をしたと思います。汚点を残したことになりますが、かつての部下たちを窮地に立たせたくなかったんですよ」

「マスメディアは正義を振り翳《かざ》してますが、いろいろ制約があって必ずしも真実や事実を正確に伝えてるわけではないはずです。新聞や雑誌は広告収入がなければ、長く発行することはできないでしょ？」

「民放テレビやラジオ局も番組スポンサーに支えられてることは確かです」

「ええ」

「ヒモ付きのマスコミが常に正しい報道をしてるわけじゃありません。そんなことは中学生だって、わかるでしょう」

「でしょうね」

「それだから、わたしはまったく広告を載せない『真相スクープ』を親の遺産で発行したんですよ。広告収入を当てにしなければ、言論の自由が担保できるわけですから」

「そうでしょうね」

「わたしが得た遺産は十数億円です。購読者数が年に一万単位で増えないと、何年か先には資金不足になるでしょう。良識派がたくさん『真相スクープ』を支持してくれなかったら、わたしはドン・キホーテで終わるでしょうね。それまでは、損得抜きで誇れるジャーナリストをめざしたいんですよ。それで文なしになっても、仕方ありません。死んだ両親は、遺産を別のことに役立ててほしいと願ってたかもしれませんがね」

「これは単なる想像なんですが、日東テレビ報道局社会部記者になった内海さんは、自分が上司の宮脇さんに嵌められたことを封印しつづけることに罪悪感を覚えはじめてたとは考えられませんか？」

村瀬は問いかけ、日本茶を一口啜《すす》った。

「内海君は熱血記者でしたんで、事実を隠さざるを得なかったことで苦悩してたんだと思います。〝誤報〟をした記者名がはっきり報道されたら、記者生命は終わりです。ライバル紙はもちろん、テレビ局の報道記者にもなれなかったでしょう」

「内海さんを陥れた元デスクの宮脇さんも、ジャーナリストの仕事に携わることはできなくなるはずです」

「ええ。わたしの目配りが足りなかったから、仕組まれた〝誤報〟をチェックできなかったんです。その償いとして、二人の部下たちの働き口を世話したんです。内海君はそのことで借りを作ったと思ってたんで、真実を語らなければいけないと考えつつも、なかなか行動を起こせなかったんだろうか」

「内海さんは、いつか本当のことを公表したいと願ってたと仮定してみましょうか」

「いいですよ」

「転職の件で世話になった垂石さんを困らせるわけにはいかないんで、内海さんは津坂弁護士を訪ねて、隠していることを読者に伝えるべきではないかと相談したとは考えられませんか」

「うむ」

「そして、津坂弁護士に社主を説得してもらえないかと頼んだという推測はできませんかね？」

「刑事さんの推測が正しかったら、大物弁護士か毎朝日報の社主が誰かに内海君の口を塞《ふさ》がせた疑いもある？」

「ええ、ひょっとしたらね。垂石さんはどう思われます？」

「そんなことは考えられないと思いたいが、可能性ゼロとは言い切れないでしょうね。わたし個人は例の〝誤報〟で内海君に犯人扱いされた二人の配管工のどちらかが何らかの方法で記事を書いた記者を突きとめ、ほとぼりが冷めてから報復殺人を実行したのかもしれないと思ってるんですよ」

垂石がためらいがちに言って、腕を組んだ。

「初動捜査資料から目を通してますが、杉並署が強盗容疑で一時《いっとき》マークしてた二人の配管工の実名は毎朝日報の記事に出てなかったはずです」

「ええ、そうですね。内海君も容疑者たち二人の実名までは書きませんでした。状況証拠で怪しかったことは間違いないんですが、物証はなかったんです」

「そうだったようですね」

「ですが、内海君は宮脇君から渡された取材ノートと証言音声を偽物とは思いもしなかったんで、二人の職業と年齢は書いたわけです。関係者には、疑われてるのがどこの誰か容易に見当がつくでしょう。だから、配管工のどちらかが内海君にいつか仕返しをしたいと考えてたとしても、別に不思議じゃないでしょう」

「垂石さん、ちょっと待ってください。捜査本部の調べによると、毎朝日報の役員と内海さんも二人の配管工に詫《わ》びに行ったと……」

「ええ、そうでしたね。それで、先方の二人に迷惑料も手渡したんですよ。百万ずつ払ったんじゃなかったかな」

「捜査資料には、金額までは明記されてませんでした」

「そうですか。もしかしたら、先方の二人は個人的にさらに内海君に多額の迷惑料を要求したのかもしれません。内海君は二人に申し訳ないことをしたと思いながらも、要求を突っ撥《ぱ》ねた。そのことを根に持ったどちらかの配管工が……」

「スリングショットの十五ミリ弾球を内海さんの頭部に撃ち込んだ。そういう筋読《すじよ》みですね？」

「そうなんですが、説得力に欠けてますすでしょうか」

「まだ何とも言えません。垂石さん、仕組まれた〝誤報〟を見抜いたのは誰なんです？　社員の方で二人の配管工と接点のあった人間はいたんですか？」

「そういう社員はいませんでした。正体不明の男が当時の編集局長に電話をかけてきて、二人の配管工は強盗事件にはタッチしてないと……」

「そうなんですか。ところで、宮脇順次さんは罪滅ぼしに元検察事務官のフリー調査員の江上将義さんに内海さんの事件の犯人捜しを依頼しましたね」

「そのことは宮脇君自身の口から聞きました。フリー調査員に数十万の着手金を払ったようですよ」

「それは捜査本部も確認してます。ですが、まだ犯人の目星はついていないと聞いてます」

「そうみたいですね。宮脇君はもどかしがって会社に休職届を出して、自分も犯人捜しをしたがってました。わたしは反対しましたが、彼は心の底から内海君に償いたいと思ってるにちがいありません」

「そうなんでしょうね」

「捜査本部も三期に入ってるわけですから、捜査対象者がゼロということはないんでしょ？」

「疑わしい人物を幾人かマークしつづけてはいるんですが、まだ容疑者を特定できてないんですよ」

村瀬は答えた。

「マークされてる対象者《マルタイ》をこっそり教えてもらえませんか。もちろん、警察を出し抜いたりしませんよ。わたしも早く内海君を成仏させてやりたいんです」

「お気持ちはわかりますが、捜査に関することを外部の方に漏らすことはできないんです。垂石さんは、そのことをよくご存じのはずですがね」

「ええ、わかってますとも。しかし、そうお願いしたくなる気持ちなんですよ。宮脇君もそうでしたが、わたしも内海君には目をかけてましたんで。どこの誰が彼を殺したんだっ」

垂石が右の拳《こぶし》で、左の掌《てのひら》を打ち据えた。両目に涙をにじませていた。

村瀬は謝意を表し、ソファから立ち上がった。

勇人舎を辞した直後、警察学校で同期だった男から電話がかかってきた。橋場忠文《はしばただふみ》という名で、赤坂署の組織犯罪対策課に所属している。いわゆる暴力団係《マルボウ》だ。豪快な好漢である。

「村瀬、明日の夜にでも久しぶりに一杯飲《や》らないか」

「あいにく半月ほど時間が取れないんだよ」

「そう。なら、もう少し先にしようか」

「そうしてもらえると、ありがたいな。後日、こっちから連絡するよ」

村瀬は通話を切り上げた。

第二章　気になる尾行

1

屋上は無人だった。

風が強い。『帝都エージェンシー』の本社ビルである。村瀬は勇人舎から、中堅広告代理店に回ってきたのだ。社屋は内神田《うちかんだ》にあった。

前を歩く宮脇順次が体を反転させた。

「こんな所に連れ出して、すみません！　会社の者たちに、あなたとの遣《や》り取《と》りを聞かれたくなかったものですから」

「別に構いませんよ。周《まわ》りに人がいないほうが、お互いに喋りやすいですしね」

「勝手を言いまして……」

「ご存じでしょうが、捜査が空回りしてるんですよ。それで、支援要員のこっちが再聞き込みを課せられたわけです」

「協力は惜しみません。内海にはひどいことをしてしまったんで、早く犯人が逮捕されるのを望んでるんです」

「捜査本部の調べで、宮脇さんが個人的にフリー調査員を雇って犯人捜しをさせていることは確認済みです」

「そうですか。警察の方たちには元検察事務官の江上さんに動いてもらってることは知られたくなかったんですが……」

「警察は調べることが仕事ですから、犯罪に関する事柄には関心を寄せるんですよ。あなたは捜査が足踏み状態なんで、じっとしていられなくなったんでしょうね」

「しゃしゃり出ることにためらいがなかったわけではないんですが、内海を陥れるようなことをしてしまったので、償《つぐな》いたかったんです。で、江上将義さんの力を借りることにしたんですよ。江上さんは損保会社の調査も請け負ってますが、主に複数の法律事務所に頼まれて刑事裁判の調査をこなしてますんでね」

「江上さんとは昔からのお知り合いなんですか？」

村瀬は質問した。

「現場取材してた二、三十代のころ、東京地裁や高裁でよく顔を合わせてたんです」

「そうだったんですか」

「わたしは、日東テレビの『ニュースエッジ』取材チームが嗅ぎ回ってた事件の関係者の誰かが内海の命を狙ったと筋を読んだんですよ。で、まず江上さんに取材対象者たちを洗ってもらったんです。密かに核武装化計画を練ってると噂されたタカ派の国会議員の御木本広司が最も怪しいと睨んでたんですが、内海の事件には関わってないようでした。江上さんの心証では御木本はシロだったそうです」

「リアリティーのない噂だったんで、捜査本部もそう判断しました。それで、ほかの取材対象者をすべてマークしたんですが、疑わしい人物は捜査線上に浮かんでこなかったんですよ」

「というと、まだ容疑者を割り出せてないんですね？」

「ええ、そうなんです。訊きづらいことなんですが、仕組まれた〝誤報〟で犯人扱いされた二人の配管工について、宮脇さんはどう見てるんでしょう？　どちらも事件当日のアリバイが立証されたんで、捜査対象から外されたんですが……」

「軽はずみなことは言うべきではないんでしょうが、わたし自身は鶴巻澄人《つるまきすみと》か小野寺快《おのでらかい》のどちらかが怪しいと思ってます」

「とおっしゃると、二人ともアリバイ工作をした疑いがあると思ってらっしゃるんですね？」

「ええ。どちらも中・高校の旧友たち三人とそれぞれ自宅アパートで徹夜で雀卓《ジャンたく》を囲んでたと供述したそうですが、嘘《うそ》っぽいとは感じませんか」

「捜査本部も二人の旧友たちから同じ証言を得たんで、どちらもシロだと断定したんだと思いますが……」

「江上さんは二人の自宅アパートの入居者たちに聞き込みをしたんですが、事件当日はどちらの部屋も静まり返ってたという証言しか得られなかったそうです。二人が借りてるアパートは、どちらも木造モルタル造りなんですよ。隣室に牌《パイ》を掻き混ぜる音が聞こえるはずでしょ？」

「そうでしょうね」

「杉並署管内で発生した強盗事件の被害者は老夫婦なんですが、事件当夜、鶴巻と小野寺の二人は現場近くで目撃されてるんです。被害者宅に鶴巻たちが侵入したという証拠を所轄署が押さえたわけじゃありませんけどね」

「捜査資料には、そのことはまったく記述されてなかったな」

「わたしは、いい加減なことを言ってるわけではありません。杉並署に確認してもらっても結構です。わたしは状況証拠で鶴巻と小野寺が共謀して強盗を働いたと筋を読んだんで、当該事件を担当してた部下がインフルエンザで五日ほど欠勤したときに……」

「偽の取材ノートと証言音声を内海さんに渡して、担当者の代わりに裏付けのない記事を書かせたんですね？」

「鶴巻たちの犯行だと睨んでたんですが……」

　宮脇が目を伏せた。

「自己弁護は見苦しいな。あなたは最初から内海さんを陥れるつもりだったんじゃないんですか。偽の取材ノートや証言音声を用意してた事実があるんですから、詭弁《きべん》は通用しませんよ」

「そ、そうですね。苦しい言い訳でした。わたしは優秀な後輩記者を脅威に感じるようになってたんです。内海に何度もスクープされたら、デスクの席を奪われて先に社会部の部長のポストに就《つ》かれてしまうのではないかという強迫観念に囚《とら》われて、つい汚い手を使ってしまったんです」

「記事が載って十日後に強盗事件の真犯人が捕まったと捜査資料に綴《つづ》られてましたが、間違いないんですね」

「ええ。それで、わたしが内海にでっち上げ記事を書かせたことが発覚してしまったんです。ばかなことをしたと何度も悔やみましたが、後の祭りです」

「会社はイメージダウンを恐れて、元検事の大物弁護士に泣きつき、捜査当局がでっち上げ記事のことを詮索しないよう根回ししてもらったんでしょ？」

「そうです。ですけど、鶴巻と小野寺が自分らが強盗事件の犯人のような記事を書かれたと社に捻《ね》じ込んできたんですよ。二人の個人名は伏せてあったんですが、職業と年齢で特定できなくもなかったんです。そんなことで、会社は鶴巻と小野寺に百万円ずつ迷惑料を払ったわけです」

「内海さんとあなたは依願退職し、部長だった垂石さんは引責辞職することになった。そうですよね？」

「ええ。垂石さんはいずれヒモ付きでない言論誌を発行する気でいたからと言って、特にわたしを詰《なじ》ったりはしませんでした。もちろん、内海を陥れようとしたことではきつく叱《しか》られましたがね。それは当然のことでしょう。わたしが悪いことは確かなんですから、弁解はしませんでした。当たり前の話ですけどね」

「垂石さんは部下たちの確執《かくしつ》のとばっちりを受けたわけですが、あなたと内海さんの再就職口も世話してくれたんでしょう？　大変な人格者じゃありませんか」

村瀬は言った。

「仏様みたいな方ですよ。垂石さんが温かな手を差し伸べてくれなかったら、わたしは本当に死ぬ気でいたんです。目をかけてた内海を妬んで陥れたんですから、最低の人間ですよね。せめての罪滅ぼしに内海を殺した犯人を早く見つけてやりたいと思ったから、フリー調査員の江上さんに……」

「江上さんは、鶴巻と小野寺を怪しんでるようなんですね。その根拠は何なんです？」

「まだ確証は得てないんですが、二人のどちらかが例の記事を書いたのは内海だと調べ上げたみたいなんですよ」

「毎朝日報が二人に迷惑料を払ったとき、内海さんが独断で事実と異なる記事を書いたと言ったんでしょうか」

「いや、それは考えられませんね。毎朝日報の人間はとことん内海を庇《かば》ったと思います。もしかしたら、読毎《よみまい》タイムズの記者が〝誤報〟のからくりを推測して、鶴巻か小野寺を使って探りを入れさせたのかもしれないな」

「そうなんだろうか」

「考えられないことではないでしょう。ネットニュースを観《み》る人が多くなって、三大全国紙の発行部数は軒並に減少してます。毎朝日報の〝誤報〟が仕組まれたものとスッパ抜けば、部数は半減するかもしれないでしょ？　どの新聞社も生き残れるかどうかの瀬戸際に立たされてますんで」

「そうでしょうが、あなたの推測にはうなずけませんね。江上さんは鶴巻たち二人をマークしつづけてるんですか？」

「そうですが、きょうは損保会社の調査があると言ってたんで……」

「なら、配管工たちの動きは探ってないんだろうな」

「ええ、多分」

「できれば、江上さんにお目にかかって情報をいただきたいと思ってたんですよ。しかし、時間を割《さ》いてもらうのは難しそうですね」

「江上さんに電話してみましょう」

宮脇が上着の内ポケットからスマートフォンを摑み出して、元検察事務官に連絡を取った。

自分が近くにいたら、話しにくいこともあるだろう。村瀬は屋上の端まで歩き、鉄柵越しに眼下のビル群を眺《なが》めはじめた。

数分経《た》つと、スマートフォンを手にした宮脇が大股で歩み寄ってきた。

「江上さん、すぐには時間を取れそうもないらしいんですよ。で、電話で刑事さんと話してもいいと言ってるんですが、どうされます？」

「話させてください」

村瀬は控え目に右手を差し出した。

宮脇が自分のスマートフォンを村瀬の掌《てのひら》に載せる。村瀬はスマートフォンを右耳に当てた。江上が先に名乗った。

「初めまして」

「江上さんは以前、東京地検で検察事務官をなさってたとか？」

「特捜部ではなく、刑事部検事付きでしたけどね。検察事務官で停年を迎える気でいたんですが、フリーの調査員で気ままに生きてみたくなったんですよ。収入が安定してないんで、妻は不安がってますけどね。しかし、わたし自身は思い切ってフリーになってよかったと思ってます。いろんな調査を請け負ってるんで、ちっとも退屈しないんですよ」

「それはよかったじゃないですか。お忙しそうですから、本題に入らせてもらいます。江上さんは二年前の強盗事件で毎朝日報で容疑者扱いされた二人の配管工のどちらかが、内海さんの事件に関与してるかもしれないと睨んでるようですね？」

「小野寺のほうが臭いと思ってます」

「そう怪しんだのは、なぜなんです？」

「小野寺は中学生のころから洋弓銃《クロスボウ》で野良犬や猫に矢を撃ち込んで、暗い愉悦《ゆえつ》を娯《たの》しんでたんですよ。実家の近所の人たちから複数人の証言を得てるんで、それは事実なんでしょう」

「ええ、そういうことならね」

「小学校高学年のころは強力ゴム使用のパチンコで野鳥や池の鯉《こい》を狙い撃ちして、仕留《と》めるたびに小野寺は笑ってたそうですよ」

「そうですか」

「日東テレビ報道局社会部の内海さんは去年の十二月十五日の早朝、スリングショットから放たれたスチール弾球で頭を撃ち抜かれて亡くなってます」

「ええ、そうですね。配管工の小野寺がスリングショットを所持してることは確認したんですか？」

「それは未確認です。しかし、小野寺は強力パチンコや洋弓銃で野鳥や犬猫を虐待してきたという証言は得てます。自分と鶴巻を強盗事件の犯人扱いした内海さんを恨んでたと思われるでしょ？」

　江上が言った。

「毎朝日報の偉いさんは記者が不適切な原稿を書いたことで二人の配管工に謝罪して、百万程度の迷惑料を払ったようですから、一応、示談は成立してるわけでしょ？　それに二年も経ってから、間違った記事を書いてしまった内海さんを殺す気になるだろうか」

「小野寺は内海さんからも詫び料をせびる気になって、金を何度か要求したのかもしれませんよ。断られたんで、経済やくざかブラックジャーナリストにでも加勢してもらったんではないのかな。ところが、内海さんは脅迫には屈しなかったんではないでしょうか。面目を潰された助っ人のブラックな輩《やから》は、毎朝日報から多額の迷惑料を脅し取ろうとしたんじゃないだろうか」

「もっと江上さんの推測を聞かせてください」

村瀬は促《うなが》した。

「毎朝日報は顧問弁護士の津坂先生に相談して、脅迫者を追い払ってもらったんでしょう。元検事の津坂先生は大変な力を持った方だから、いかがわしい奴も太刀打ちできないはずです」

「ええ、そうでしょうね」

「仕方なく小野寺は、ポカをやった内海さんに迷惑料を払えとしつこく要求しつづけたんではないのかな」

「しかし、内海さんは頑《がん》として拒《こば》みつづけた？」

「そういう筋の読み方もできるでしょう」

「若い配管工がブラックな輩に知り合いがいるとは考えにくいでしょ？」

「そう言われると、自信が揺らぎますね。でも、小野寺はアリバイを偽装した疑いがあるな。鶴巻のほうは事件当日、前夜から自宅アパートで旧友たちと過ごしてたのかもしれませんけどね。小野寺はアリバイ工作をして、内海さんを殺したと疑えないこともないと思いますよ」

「金を毟《むし》ることができなかったからって、内海さんを殺害する気になるだろうか。犯行動機が稀薄《きはく》でしょ？」

「疑える根拠がないわけじゃないんです」

江上が自信ありげに言った。

「どんな根拠なんです？」

「小野寺は行きつけの居酒屋の大将に酔うたびに『そのうち少しまとまった金が入りそうだから、いずれ配管工は卒業するよ』と言ってたらしいんですよ。内海さんがそのうち根負けすると踏んでたんでしょうね」

「そうなんだろうか」

「しかし、小野寺の読みは浅かった。予想は外れて、いまも高円寺《こうえんじ》にある『井上《いのうえ》ポンプ』で鶴巻たち五人の従業員と一緒に汗水垂らして水道工事をやってます。本管から宅地内にパイプを引き込む工事を主に担当してるみたいですよ」

「そうですか」

「今度は、そちらが手の内を見せてくださいよ。捜査本部も、いろいろ犯人に目星はつけたんじゃないんですか？　ヒントだけでも、教えてくれませんかね」

「捜査は本当に難航してるんですよ。江上さんの情報は役立ちました。ありがとうございました」

　村瀬は通話を切り上げた。

　なんと宮脇が屋上の鉄柵に片脚を掛け、眼下を見下ろしていた。衝動的に身を投げる気になったのか。村瀬は宮脇に駆け寄って、両腕で抱き止めた。弾みで、宮脇のスマートフォンを足許《あしもと》に落としてしまった。

「宮脇さん、何を考えてるんです⁉」

「わたしは、この世から消えたほうがいいんです。弟子のような内海を陥れた卑劣漢なんですから。生きる価値もない男ですよ。わたしのせいで、内海は誰かに殺されてしまった」

「宮脇さん、落ち着いてください。あなたは内海さんに償いたくて、元検察事務官の江上さんに犯人捜しを依頼したんですよね？」

「そうですが……」

「いつでも死ぬことはできます。内海さんを殺した犯人が逮捕《パク》られるまで、あなたは命を絶っちゃいけないんです。現実から逃げれば、楽になるかもしれませんがね」

「辛《つら》いんですよ。生きてることが内海に申し訳ない気がして、厭世《えんせい》的な気持ちになってしまうんです。精神のバランスが崩れてるんでしょうが、とにかく生きつづけることが辛すぎるんです」

「償いが済むまで逃げちゃいけないな。どんなに生きづらくても、耐えつづけるんです。それが人の道でしょうが」

「うわーっ」

宮脇が大声で叫び、子供のように泣きじゃくりはじめた。

村瀬は宮脇を鉄柵から引きずり下ろし、ゆっくりと踵《きびす》を返した。宮脇が涙でくぐもった声で礼を言った。

村瀬は無言で片手を挙げ、落としたスマートフォンを拾い上げて持ち主の上着のポケットに滑り込ませた。宮脇は泣きつづけている。

村瀬はエレベーターで一階に下《くだ》った。『帝都エージェンシー』を出て間もなく、刑事用携帯電話《ポリスモード》が着信した。

村瀬は手早くポリスモードを取り出した。

ディスプレイに目を落とす。発信者は中尾課長だった。

「里見《さとみ》理事官に記者クラブに詰めてる日東テレビの社会部記者に探りを入れてもらったんだが、殺害された内海が取材してた内容についてはついに明かしてくれなかったそうなんだ」

「当然と言えば、当然でしょうね」

「そうだな。それからね、捜査本部の担当管理官から少し前に報告があって、小野寺が通販でアメリカ製のスリングショットと十五ミリのスチール弾球を去年の初秋に購入したことが新たに判明したらしいんだ」

「十五ミリのスチール弾球を買ってたんですか」

「そう。内海健斗が十五ミリのスチール弾球で頭部を撃ち抜かれたことは間違いない。ただの偶然ではないだろう。捜査本部は事件のあった日、小野寺が自宅アパートで旧友三人と徹夜で麻雀《マージャン》をしてたことは確認済みなんだが、両隣の入居者は部屋は静かだったと証言してる」

「ええ、事件調書にはそう記述されてましたね。木造モルタル造りの一室で夜通し麻雀をしてたら……」

「隣室に音が聞こえるはずだ。小野寺の旧友たちは口裏を合わせて、嘘の証言をしたのかもしれないぞ」

「確かに不自然ですね。しかし、捜査本部は小野寺の供述と三人の旧友の証言を怪しまなかったんでしょ？」

「本庁《うち》から出張《でば》った者たちは怪しんだようだが、第一期で新宿署の刑事課長が最近のアパートは仕切り壁に防音材を入れてるから物音は隣室には漏《も》れないのではないかと発言したんで、一応、小野寺と鶴巻のアリバイは成立したと……」

「所轄の刑事課長に反論しにくかったんでしょうか」

村瀬は言った。

「そうなんだろうな。しかし、堅固な造りのマンションというわけではないから、隣室の物音は聞こえるんじゃないのか」

「ええ、そうでしょうね。鶴巻と小野寺は自分らが怪しまれるのを恐れて、旧友たちとそれぞれ夜通し麻雀をしてたとアリバイ工作をしたんではありませんか。二人が同じ過ごし方をしてたという話も、なんだか嘘臭いでしょ？」

「そうなんだ。担当管理官に連絡して、捜査班のメンバーに小野寺と鶴巻のアリバイを洗い直すよう指示するよ。村瀬君は小野寺の動きを少し探《さぐ》ってみてくれないか」

「わかりました」

「きみのほうは何か収穫があったのかな」

課長が訊いた。村瀬は経過を報告し、通話を切り上げた。

2

目的の水道工事請け負い会社が見つかった。

『井上ポンプ』は、高円寺駅と早稲田《わせだ》通りの中間地点にあった。住所は杉並区高円寺南二丁目だ。

村瀬は『井上ポンプ』の七、八メートル手前で捜査車輛を路肩《ろかた》に寄せた。あと数分で、午後二時半になる。

村瀬はエンジンを切って、スカイラインの運転席から出た。通行人を装い、『井上ポンプ』の前を通り抜ける。小野寺と鶴巻の勤め先は、三階建てのプレキャスト造りだった。一階の事務フロアには二卓のスチールデスクが並び、その手前に黒革張りの応接セットが見える。

右側の机には六十歳前後の男が向かっていた。髪を短く刈り込み、色が浅黒い。社長の井上繁夫《しげお》だろう。

ほかには誰もいなかった。配管工たちは、まだ現場から戻っていないのだろう。社屋の横は専用駐車場になっていた。黒いレクサスだけしか駐《と》められていない。国産高級車は井上社長が乗っているのだろう。

村瀬は架空の事件の聞き込みをする振りをして、近くの商店の従業員たちから『井上ポンプ』の配管工たちの噂を集めた。崩れた服装をしている者が多いが、勤務先の周辺で何か問題を起こしたことはないらしい。

聞き込みで、小野寺と鶴巻が仕事帰りにちょくちょく駅前にある居酒屋『磯辰《いそたつ》』に寄っていることがわかった。配管工たちは当分、会社には戻ってこないだろう。村瀬はスカイラインに乗り込み、駅前通りに向かった。

『磯辰』は造作なく探し当てることができた。村瀬は専用捜査車輌を裏通りに駐めた。江上が言っていた居酒屋は『磯辰』なのかもしれない。

村瀬は商店街に戻り、『磯辰』に足を向けた。準備中の札が掛かっていたが、店の戸を開ける。

「営業は午後五時からなんですよ」

奥で仕込みをしている五十代後半の男が、大声で言った。ほかに人の姿は目に留《と》まらなかった。

「客じゃないんですよ」

「何かのセールスなら、お断りする。薄利多売で商売をしてるんで、車や分譲マンションを買う余裕なんかないんでね」

「申し遅れましたが、警視庁の者なんです」

「法律に触れるようなことはしてませんよ」

「わかってます。この店のオーナーの方でしょ？」

「一応、店主だけどね」

相手が警戒心を露《あらわ》にした。村瀬は店の奥に進み、カウンター越しに警察手帳を見せた。

「聞き込みってやつですか。通常、刑事さんはコンビで動いてるんじゃないの？」

「そうなんですが、支援要員は単独で情報を集めることがあるんですよ」

「おたくは支援捜査官なんですか」

「そうです。新宿署に設置された捜査本部の助っ人なんです」

「ふうん」

「去年十二月の中旬、日東テレビの報道局員が余丁町の路上でスリングショットのスチール弾球を頭に受けて死んだんですが、その事件のことは憶《おぼ》えてます？」

「殺されたのは、元新聞記者だったたんじゃなかったかな」

「ええ、そうです」

「この店と殺人事件がどこで結びついてるんです？」

店主が手を休め、訝《いぶか》しげに言った。

「大将が事件に関わってると疑ってるわけじゃないんですよ。『井上ポンプ』で働いてる小野寺さんと鶴巻さんは、こちらの常連客なんでしょう？」

「ええ、二人ともよく通ってくれてます。まさか彼らが殺人事件に深く関与してるわけじゃないんでしょ？　二人とも少しやんちゃだけど、大それたことをやるような悪党《ワル》じゃないからね」

「どっちも人殺しには絡んでないと思いますよ。ただ、小野寺さんと鶴巻さんは二年前、杉並区内で発生した強盗事件の容疑者扱いされたことがあるんです。その記事は誤報だったんですが、殺された元新聞記者が事実と異なる記事を書いてしまったんですよ」

「新聞記者がそんな無責任な記事を書くなんて、世も末だな」

「問題の〝誤報〟は仕組まれたものだったんですよ。詳しいことは喋れませんが、殺された元新聞記者は陥れられたんです」

「そうなの。だとしても、小野寺君たち二人を実名報道で犯罪者扱いしたんなら、それこそ人権問題なんじゃないのかな」

「実名は伏せられてたんですよ。ですが、二人の職業と年齢は記事に載ってたんです。小野寺さんたちの周辺にいる人たちは察しがついてたかもしれませんね」

「殺された記者は、確か毎朝日報の社員だったはずだな。そうなんでしょ？」

「ええ、そうです。誤報記事を書いた者と毎朝日報の役員は小野寺さんたち二人に謝罪して、できるだけの誠意を示したようです」

「誠意というのは、早い話が詫び料ってことだよな」

「そう解釈してもらっても、いいと思います。二年ほど前、こちらで小野寺さんが派手に飲み喰いしたことはありませんでした？」

村瀬は問いかけた。

「一度あったね。小野寺君は競馬で大穴を当てたんだと上機嫌で、居合わせた客たちに酒と肴を気前よく奢《おご》ってましたっけ」

「その後も、小野寺さんは大盤振る舞いしてたんですか？」

「いや、じきに普段通りになったね。でも、小野寺君は酔うたびに、そのうち少しまとまった金が入ってくる予定なんで、配管工では終わらないと言ってましたよ」

店主が答えた。フリー調査員の江上の話と合致している。小野寺は鶴巻には内緒で、内海から金をせびろうとしていたのだろうか。

しかし、内海は要求を拒《こば》みつづけた。それだけではなく、恐喝未遂で刑事告訴すると反撃したのかもしれない。小野寺は悪事が露見することを懸念《けねん》し、内海を殺す気になったか。そう疑えないこともない。

「まさか小野寺君が殺人事件に関わってるんじゃないよね？」

「それはないと思います。ところで、小野寺さんは麻雀好きなんでしょ？」

「えっ、そうなの⁉　そんな話は初耳だな。いまの若い連中は麻雀にほとんど興味ないんじゃないんですか。娯楽が少なかった時代は学生や若いサラリーマンがよく雀卓を囲んでましたけど」

「そうでしたね」

「鶴巻君は子供のころから家族で麻雀をやってたらしいんで、いまもチー、ポン、とやってるみたいだけど。小野寺君は麻雀のルールもろくに知らないんじゃないのかな」

「そうですか。小野寺さんの知り合いにブラックジャーナリストとか経済やくざはいます？」

「そんな危ない人間とはつき合いがないと思うな。小野寺君は半グレってわけじゃないんだから、そういうことは考えられないでしょ？」

「そうでしょうね。小野寺さんは洋弓銃《クロスボウ》や狩猟用の強力パチンコなんかに興味があるんでしょ？　アメリカ製のスリングショットなんかも購入したようですから」

「強力パチンコでカラスや野良犬を撃退したなんて話は聞いたことがあるな。でも、洋弓銃なんかを集めてるとは知りませんでしたよ」

「そうですか」

「あっ、日東テレビ報道局の社会部記者はスチール弾球で頭部を直撃されて命を落としたんでしたよね。警察は小野寺君の犯行だと疑ってるみたいだな」

「お仕事中にお邪魔して、申し訳ありませんでした。ご協力に感謝します」

村瀬は返事をはぐらかして、そそくさと『磯辰』を出た。スカイラインに乗り込み、『井上ポンプ』のある通りに戻る。

小野寺がアリバイを偽装した疑いは拭《ぬぐ》えなかった。村瀬は専用捜査車輌を道端に駐めると、捜査ファイルを開いた。捜査資料には、小野寺と雀卓を囲んだ三人の旧友たちの氏名と連絡先が記《しる》してある。村瀬は私物のスマートフォンを握った。

週刊誌の特約記者を装って、小野寺の旧友たちに鎌をかけてみた。予想通り、三人は小野寺に頼まれてアリバイ工作に協力したことを認めた。

次に村瀬は、鶴巻の旧友たち三人にも電話で探りを入れた。内海が殺害された日の前夜から翌朝にかけて鶴巻の自宅アパートで麻雀をしていたことは事実のようだ。

鶴巻は両隣の入居者に迷惑をかけたくなくて、両側の壁面に毛布を貼りつけたという。それで、麻雀牌を掻き回す音が聞こえなかったのだろう。

小野寺は旧友たちに頼んで口裏を合わせてもらったにちがいない。なぜアリバイを偽装しなければならなかったのか。

小野寺は、迷惑料を内海から得られなかったことで腹を立てたのだろうか。〝誤報〟騒ぎから二年が経過している。いまさら仕返しをする気になるものか。

常識的には考えにくいことだが、何かの弾みに怒りがぶり返したのかもしれない。小野寺は何日か前から内海健斗を尾行しつづけ、事件当日に犯行に及んだのだろうか。

事実誤認によって、自分が容疑者扱いされたのは腹立たしいことだろう。しかし、それだけで殺人に走る気になるものか。犯行動機に納得できない部分もあった。

だが、小野寺は明らかにアリバイ工作をしている。何か疚《やま》しいことがあったからにちがいない。内海が殺害された日の深夜から翌日の明け方まで、多分、小野寺は自宅アパートにはいなかったのだろう。

どこで何をしていたのか。夜更けに野良猫狩りをしていたのだろうか。あるいは、下着泥棒を重ねていたのか。独り暮らしの女性宅に忍び込むチャンスを狙っていたのか。それとも、車上荒らしを繰り返していたのだろうか。

いずれにしても、事件当日、小野寺は後ろ暗いことをしていたようだ。それで、アリバイの偽装工作をする必要があったと思われる。

小野寺が仕事を終えて勤務先に戻ったら、しばらく動きを追ってみることにした。捜査資料には、小野寺の顔写真も貼付《ちょうふ》されていた。本庁運転免許本部から提供してもらった写真のコピーだ。やや不鮮明だった。

それでも、すぐに本人と確認できるだろう。鶴巻の顔写真もあった。

村瀬は小野寺の帰りを待ちつづけた。

張り込みは自分との闘いだった。待ちくたびれて不用意な行動をしたら、捜査対象者に警戒されることになる。焦《じ》れずに、ひたすら待つほかない。

やがて、陽《ひ》が大きく傾いた。

私物のスマートフォンが振動したのは、夕闇が漂いはじめたころだった。村瀬はスマートフォンを取り出した。電話をかけてきたのは神林亜希だった。

「ちょっと話しても大丈夫？」

「ああ、平気だよ。いまは店にいるんだね」

「ええ、そうなの。数十分前に『明誠エステート』の桐野部長が部下の柿沼って男と一緒にホームレスたちの件では迷惑をかけたと菓子折を提《さ》げて謝罪にきたのよ」

「そうか」

「でもね、柳小路の飲食店の前にコールタールを撒いたのは自分たちじゃないって言い張ったの」

「証拠がないのをいいことに、シラを切るつもりなんだろう」

「そうなんだと思うわ。桐野部長は、あなたの個人情報をしきりに知りたがったのよ。彼らは無灯火の車で、あなたを轢《ひ》き殺すつもりなんじゃないのかしら？」

「ちょっとこっちをビビらせたいと考えてるかもしれないが、凶悪な犯行に及ぶ気はないと思うよ。そんなことをしたら、地上げができなくなるかもしれないじゃないか」

「心配しすぎかもしれないけど、おかしな尾行者に気がついたら、ひとまず逃げてね」

「こっちは刑事なんだ。怪しい奴に尾《つ》けられてたら、すぐに正体を吐かせてやる。そいつを雇ったのが『明誠エステート』とわかったら、会社をぶっ潰してやるさ」

「悪徳地上げ屋は懲《こ》らしめてやりたいけど、あなたが敵意を剝《む》き出しにしたら、本当に命を狙われることになるかもしれないわよ」

「心配性だな。『明誠エステート』だって、警察を敵に回すようなことはしないって」

「そうだといいんだけど……」

「何か困った事態になったら、すぐ教えてくれないか。いいね？」

村瀬は念を押して、スマートフォンを耳から離した。背凭《せもた》れに上体を預けて、時間を遣り過ごす。

『井上ポンプ』の専用駐車場に一台のピックアップ・トラックが滑り込んだのは、午後五時十二分ごろだった。

作業服姿の二、三十代の男が三人乗っていた。男たちは車を降りると、社屋の中に消えた。事務フロアを抜け、揃って奥に向かった。入浴してから、帰宅するのだろうか。

灰色のワゴン車が専用駐車場に停まったのは数十分後だった。

村瀬は視線を延ばした。ハンドルを握っているのは小野寺だった。鶴巻は助手席に坐っていた。二人は職場に戻ると、井上社長と思われる人物に何か報告した。短く談笑し、小野寺たち二人も奥に消えた。

村瀬は待ちつづけた。

小野寺が鶴巻と連れだって外に出てきたのは、午後六時十分ごろだった。どちらも黒いリュックサックを背負っていた。

二人は駅前通りに向かって歩きはじめた。村瀬は小野寺たちが遠のいてから、スカイラインを発進させた。二人は『磯辰』に行くのではないか。

村瀬は慎重に小野寺たちを追尾した。

やはり、二人は馴染《なじ》みの居酒屋に立ち寄った。しばらく待たされることになりそうだ。

村瀬は『磯辰』の前を走り抜け、数十メートル先にあるコンビニエンスストアの専用駐車場にスカイラインを乗り入れた。

店内に駆け込み、サンドイッチや缶コーヒーを買う。すぐに車に戻り、迂回《うかい》して『磯辰』の前の通りに出る。店の二十メートルほど手前でスカイラインを路肩に寄せて、ライトを消す。

持久戦になりそうだ。村瀬はサンドイッチを頬張り、缶入りのコーヒーを喉《のど》に流し込んだ。ラジオを聴きながら、時間を潰す。

『磯辰』から小野寺たちが現われたのは、午後十時を七、八分過ぎたころだった。

ほろ酔いの二人は百メートルほど歩き、スナックに入った。『エメラルド』という店名で、ありふれた店構えだった。小野寺たちの足取りから察して、行きつけの店らしい。

二人は仕上げの酒を飲みながら、カラオケのマイクを握る気でいるのだろう。どちらも、中央本線沿いにあるアパートに住んでいる。小野寺の塒《ねぐら》は阿佐ヶ谷《あさがや》にあるはずだ。鶴巻は西荻窪《にしおぎくぼ》に住んでいる。

村瀬は車を『エメラルド』の手前の暗がりに駐め、ライトを手早く消した。エンジンも切る。同じ場所で長いことアイドリングさせていると、住民や通行人に不審がられることがある。

まだ夜間は冷え込む。カーエアコンを使えないのは辛い。しかし、我慢するほかなかった。車内の温度が次第に下がりはじめたが、村瀬は耐えた。煙草《たばこ》を喫《す》いながら、小野寺たちがスナックから出てくるのを待つ。

先に鶴巻が『エメラルド』から姿を見せたのは午後十一時四十分ごろだった。足は高円寺駅方面に向かっていた。小野寺は、まだ飲み足りないのか。それとも、お気に入りのホステスがいるのだろうか。

村瀬は待ちつづけた。

小野寺が表に出てきたのは午前零時数分前だった。最寄《もよ》り駅に向かうと予想していたのだが、捜査対象者は駅とは反対方面に歩《ほ》を進めた。

小野寺は中央本線と並行する形で阿佐ヶ谷北の住宅街を抜け、さらに天沼《あまぬま》二丁目まで歩いた。村瀬は三、四十メートルの距離を保《たも》ちながら、低速で小野寺を追跡した。

小野寺が歩きながら、黒いリュックサックを肩から外した。

リュックサックの中から黒いキャップを取り出し、頭に被《かぶ》った。ふたたびリュックサックを背負うと、小野寺はマスクで顔半分を隠した。さらにセルフレームの眼鏡をかけ、左右の家々を眺《なが》めはじめた。

小野寺は戸建て住宅には目もくれなかった。低層のミニマンションや賃貸アパートの窓を見上げている。小野寺は空き巣に入るつもりなのかもしれない。

村瀬はアクセルを少し踏み込んだ。距離が縮まる。

小野寺は軽量鉄骨造りの二階建てアパートの横で立ち止まった。村瀬は車をガードレールに寄せ、すぐさまライトを消した。エンジンも切り、静かに車を降りる。

小野寺があたりを見回した。

村瀬は物陰に走り入り、身を屈《かが》めた。小野寺には気づかれなかったようだ。村瀬は目を凝らした。

小野寺が抜き足で、アパートの敷地に入った。村瀬は爪先《つまさき》に重心を掛けて駆けはじめた。靴音は小さい。

ほどなくアパートに達した。階下の五室のうち三室には電灯が点いている。村瀬は一応、階下の歩廊《ほろう》を覗《のぞ》いてみた。人影は目に留《と》まらなかった。

村瀬は足音を殺しながら、アパートの外階段を上がった。

すると、最も奥の角部屋の前に小野寺が立っていた。ピッキング道具を鍵穴に挿《さ》し込み、手首を小さく動かしている。

内錠が外れる音がかすかに聞こえた。村瀬は、まだ行動を起こさなかった。

小野寺が二〇五号室のノブを回し、室内に身を滑り込ませた。村瀬は歩廊を一気に駆け、二〇五号室に躍《おど》り込んだ。

小野寺は小型懐中電灯で足許《あしもと》を照らしながら、居室《きょしつ》に向かっていた。間取りは1DKだった。

村瀬はダイニングキッチンの照明を灯《とも》した。小野寺がぎょっとして、前に向き直った。

「空き巣を働く目的で、この部屋に侵入したんだなっ」

「ち、違うよ。ここは、おれが借りてる部屋なんだ」

「おまえがピッキング道具を使って、この部屋のドア・ロックを解いたのを目撃してるんだよ。それだけじゃない。スマホで動画撮影もした」

村瀬ははったりを口にした。

「なんだって!? でも、おれはまだ何も盗《と》ってない」

「それでも、住居侵入罪になる」

「見なかったことにしてよ」

「そうはいかない。こっちは法の番人だからな」

「あんた、刑事なの!?」

小野寺が声を裏返らせた。村瀬は無言で警察手帳を見せた。

「杉並署じゃなくて、本庁に所属してるんだな」

「そうだ。こっちは、日東テレビ報道局社会部の内海記者の事件の支援捜査員だ。そっちは内海が殺害された日も深夜から明け方にかけて空き巣に励んでたようだな。だから、事件当夜は旧友三人と自宅アパートで雀卓を囲んでたなんてアリバイ工作をしたんだろうがっ」

「まいったな」

「アメリカ製のスリングショットを使って、十五ミリのスチール弾球で内海の頭部を撃ち抜いて死なせたのか？」

「おれ、人なんか殺してないよ。二年前、毎朝日報の社会部記者だった内海におれは強盗事件の容疑者扱いされたんで、会社の同僚の鶴巻って奴と毎朝日報の東京本社に談判しに行ったんだ。鶴巻も犯人扱いされたんで、二人で文句をつけに行ったわけ」

「その記事は〝誤報〟だったんだが、実名報道じゃなかった。そっちと鶴巻の職業と年齢は明記されてたがな。なんで自分らが犯人扱いされてるか知ったんだ？」

「どこの誰かはわからないが、おれの職場に電話をかけてきた男が強盗事件の容疑者扱いされてることを教えてくれたんだよ」

「相手の声は若かったのか。それとも、中高年と推定できたのかい？」

「ボイス・チェンジャーを使ってたんで、男の年齢は判然としなかったんだ」

「そういう密告電話があったんで、そっちは鶴巻と一緒に毎朝日報の東京本社に乗り込んだんだな」

「そうなんだ。記事を書いた内海は平謝りに謝って、役員が百万の車代をくれた。そんな端金《はしがね》じゃ勘弁できないんで、会社におれたちに一千万ずつ払ってほしいと言ったんだ。けど、取り合ってもらえなかったんだよ。だから、おれは内海に個人的に和解金を用意しろと……」

「凄《すご》んだんだな？」

「うん、まあ。内海も金は出そうとしなかった。それだから、おれは重役に電話をしたんだよ。けど、返事をはぐらかされてしまった。何日かしてから、新聞社の顧問弁護士から連絡があって、おれたち二人を恐喝未遂の疑いで警察沙汰にすると逆に威《おど》しをかけられたんで、追加金をせびることは諦めたんだよ」

「もう一度訊《き》くが、そっちは内海の事件には本当に関与してないんだな？」

「おれ、人殺しなんかしてないって。嘘じゃないよ。信じてくれないか」

「床《ゆか》に伏せて、おとなしくしてろ」

「おれ、どうなるんだ？　教えてくれよ」

小野寺が不安顔で言い、命令に従った。

村瀬はポリスモードを取り出した。中尾課長の指示を仰《あお》ぐことにしたのだ。

3

頭の巡りがよくない。

寝起きのせいだろうか。村瀬はセブンスターに火を点け、ブラックでコーヒーを啜《すす》った。笹塚にある自宅マンションだ。村瀬は居間のソファに腰かけていた。

あと数分で、午前九時になる。

中尾課長の指示で小野寺の身柄を捜査本部の担当管理官に引き渡したのは、午前一時過ぎだった。住居侵入罪容疑で検挙された小野寺の取り調べは所轄の杉並署に委《ゆだ》ねるべきだが、内海殺しに関わっている疑いもあった。

そんなことで、小野寺は先に新宿署の捜査本部に任意同行を求められたのである。小野寺は拒否しなかった。

深夜の取り調べは禁じられている。捜査本部は保護という名目で新宿署に留《とど》め、午前八時過ぎから捜査本部事件の取り調べを開始したはずだ。

村瀬は一服し終えると、浴室に向かった。ゆったりと朝風呂に入り、ふたたび居間のソファに坐った。

食欲はなかった。村瀬は、もう一杯コーヒーを飲んだ。ぼんやりとテレビのニュースを観《み》ていると、サイドテーブルの上で刑事用携帯電話《ポリスモード》が鳴った。

村瀬は反射的にポリスモードを摑み上げた。発信者は中尾課長だった。

「ついさっき担当管理官の大林《おおばやし》君から報告が上がってきた。小野寺は内海の事件《ヤマ》には関与してないな」

「やはり、シロでしたか」

「捜査本部事件が起きた日の午前零時過ぎから明け方近くまで小野寺は杉並区内で四件の空き巣を重ねてた。被害届をチェックしたら、小野寺の供述と符合してたそうだ」

「そちらの犯罪《ヤマ》が発覚することを恐れて、小野寺はニュースで内海の事件を知り、慌《あわ》ててアリバイ工作をしたんでしょう」

「そう供述してるらしい。村瀬君に回り道をさせてしまったな」

「お気になさらないでください。小野寺は洋弓銃やスリングショットを集めてたわけですから、クロかもしれないと疑いたくなりますんでね」

「そうなんだが、捜査本部とわたしの読みは外れてたわけだ。そんなことだから、小野寺は杉並署に移送することになった」

「わかりました。鶴巻は小野寺とつるんで内海から個人的に詫び料を払えと脅迫してないようですが、どうなんでしょう？」

「小野寺は自分ひとりで内海から追加の迷惑料をせしめようとしたと供述したという話だったよ」

「そうなら、鶴巻は本部事件では罰せられませんね。小野寺は、正体不明の男に例の〝誤報〟について教えてもらったと言ってましたが、虚言の疑いはないんでしょうか？」

「大林君は捜査班に指示して、小野寺に嘘発見器《ポリグラフ》をかけさせたらしいんだ。小野寺が嘘をついてるという裏付けはなかったそうだよ」

「それなら、あいつの話は信じてもいいんでしょう」

村瀬は言った。

「そうだね。内海健斗が仕組まれた〝誤報〟に嵌められたことを知ってるのは、毎朝日報の関係者に限られるんじゃないのか」

「課長、そうとは限らないでしょう。新聞社には多くの人間が出入りしてますんで、そのうちの誰かが社員から噂を聞いて、容疑者扱いされたのは小野寺と鶴巻の二人だと推測したのかもしれませんよ」

「なるほど、そうも考えられるね」

「小野寺に密告電話をかけた人間は毎朝日報を快く思ってなかったんでしょうか。ライバル紙が背後で糸を操《あやつ》ってたと思えなくもないな」

「そうだね。わたしには、密告者の意図《いと》がわからないな。単に毎朝日報のイメージダウンを狙ってたのか。あるいは、小野寺たちを煽《あお》って企業恐喝を働く気でいたのか」

「後者なら、小野寺たち二人を焚《た》きつけたりしないで、密告者はダイレクトに毎朝日報に口止め料を要求するんじゃないですか？」

「ああ、そうだろうね。捜査班は二年前の仕組まれた〝誤報〟の背景も調べたんだが、毎朝日報が強請《ゆす》られてた事実は確認してない。だから、密告者が何を考えてたのか見当もつかないんだよ」

「ええ、謎ですね」

「日東テレビ報道局社会部は、『ニュースエッジ』でタブーに挑んだ特集企画を放映してきた。アンタッチャブルな領域に踏み込んだせいで、リーダーの内海健斗は抹殺されたのかもしれないと筋を読んだんだが……」

中尾の声が沈んだ。

「これまでの捜査では、気になる組織や人物は浮かんでこなかったんですよね？」

「そうなんだが、日東テレビ関係者の話をすんなり信じてもいいんだろうか。スクープになるような取材の内容を捜査員に漏らしたら、努力が報《むく》われなくなってしまうだろう？」

「そうですね。課長は、日東テレビの関係者が事件解明に繋《つな》がるような手がかりを隠してるのではないかと疑いはじめてるんでしょ？」

「うん、まあ。局の幹部は、被害者の妻にも余計なことは言うなと釘《くぎ》をさしてたんじゃないのか」

「捜査資料を読むと、被害者の妻、血縁者、友人が内海の仕事に関することは何も知らないと口を揃えてましたね。妻の奈々緒《ななお》さんが夫の仕事のことをまったく知らないというのも、なんだか不自然だな」

「わたしも、そう思うよ。夫婦仲はよかったらしいから、故人も妻には仕事のことを少しは話してそうだがね」

「実は、夫婦仲はしっくりいってなかったのかな」

「おそらく日東テレビの報道局長あたりから、故人の妻、血縁者、親しい友人なんかは口止めされてたんだろう。もちろん、部下たちにも箝口令《かんこうれい》が敷《し》かれてたにちがいない」

「ええ、そうなのかもしれませんね」

村瀬は言った。

「第一期から第三期まで捜査班が丸岡修一《まるおかしゅういち》報道局長、曽我隆《そがたかし》社会部長の二人には代わる代わる聞き込みを重ねてきたんだが、特集企画の取材で外部から圧力《アツ》がかかったことはないと言い切ってる」

「断片的な取材内容は教えてくれたんでしょう？」

「そうなんだが、詳しい取材内容は喋ってくれなかったんだ。捜査班のメンバーは、タブーに触れられた者が誰かに内海健斗の口を封じさせたんではないかと疑って捜査を続行してきた。しかし、どの取材対象者も心証はシロだったんだよ」

「日東テレビの報道局長や社会部長に正攻法は通用しないでしょう。アメリカみたいに司法取引がほぼ全面的に認められてれば、どんな事件もスピード解決が可能なんですがね」

「そうだな。聞き込み先の当人にスキャンダルや犯歴はなくても、身内に出来の悪い人間がいるかもしれないからね」

「ええ。相手の弱みにつけ込むのはフェアじゃありませんが、捜査に協力的になってもらえるでしょう」

「そんなことをしたら、日本では違法捜査になってしまう。地道な捜査活動をして、少しずつ事件の真相に迫るしか手立てがないね。無駄になるかもしれないが、日東テレビの丸岡報道局長、曽我社会部長、それから被害者の妻の内海奈々緒に会ってみてくれないか」

「わかりました」

「頼むよ。時々、経過報告をしてくれないか。捜査本部に何か動きがあったら、すぐ村瀬君に教えるよ。健闘を祈る」

中尾課長が先に電話を切った。

村瀬はポリスモードを二つに折り畳むと、寝室に移った。身支度をして、拳銃、伸縮式警棒、手錠などを装着する。きょうは薄手のセーターの上にウールジャケットを羽織《はお》り、綿コートを小脇に抱えた。

村瀬は戸締りをしてから、六〇一号室を出た。

エレベーターで地下駐車場に下《くだ》る。一台分の駐車場を借りていた。賃料は官費負担だった。村瀬は専用捜査車輛のスカイラインの運転席に乗り込み、穏やかに発進させた。スロープを登って、外に出る。

日東テレビの本社ビルは港区赤坂にある。幹線道路は、やや渋滞していた。

目的地に着いたのは午前十一時七分前だった。

村瀬は覆面パトカーを広い駐車場の隅にパークし、本社ビルの一階ロビーに足を踏み入れた。エントランスホールは、ちょっとしたシティホテル並に広い。

受付嬢は三人もいた。村瀬はカウンターに近づき、右端の受付嬢に話しかけた。

「警視庁の捜査一課の者ですが、丸岡報道局長と曽我社会部長のお二方《ふたかた》にお目にかかりたいんですよ」

「去年の十二月に亡くなった内海記者の事件のことでいらしたんですね？」

「そうです。お取り次《つ》ぎ願えますか」

「はい」

受付嬢が笑顔で応じ、クリーム色の内線電話の受話器を摑み上げた。

報道局長室をコールしたようだ。遣《や》り取《と》りは一分弱だった。

「丸岡はお目にかかると申しています。四階の報道局にお上がりになって、直接、報道局長室をお訪ね願いたいとのことでした。社会部長の曽我に声をかけて、お待ちしているそうです」

「わかりました。お世話さま！」

村瀬は受付嬢を犒《ねぎら》って、エレベーター乗り場に急いだ。エレベーターは六基もあった。

村瀬は函《ケージ》の一つに乗り込み、四階に上がった。報道局がワンフロアを使用していた。

報道局長室は奥まった場所にあった。村瀬はノックをしてから、静かに入室した。二十畳ほどの広さだった。

窓寄りに大きな両袖机が置かれ、手前に八人掛けのソファセットが見える。五十二歳の丸岡と四十六歳の曽我は、出入口のそばに並んで立っていた。

村瀬は警察手帳を呈示してから、丸岡局長に顔を向けた。

「捜査班の者たちがたびたびお邪魔したはずですが、またご協力いただきたいんですよ」

「もちろん、協力させてもらいます。内海は『ニュースエッジ』取材チームのリーダーでしたんで、わたしも頼りにしてたんですよ。村瀬さんでしたかね。あなたは支援の方なんでしょ？」

「ええ、そうです」

「これまでの捜査状況はご存じでしょうが、役に立ちそうな情報を提供できないんで、大変申し訳なく思っています。きみも同じ気持ちだろう？」

丸岡が、かたわらの曽我に同意を求めた。曽我が大きくうなずく。

「坐りましょうか」

丸岡が言って、最初にソファに腰を沈めた。少し遅れ、曽我が丸岡の隣に坐る。

村瀬はコーヒーテーブルを挟んで丸岡と向かい合った。

「日本茶かコーヒーのどちらがよろしいですか？」

曽我が村瀬に訊いた。

「どうかお構いなく。早速なんですが、『ニュースエッジ』の取材で妨害されたことは一度もないんでしょうか」

「訪ねてきた刑事さんたちに同じ質問をされたんですが、そういうことは一遍《いっぺん》もありませんでした」

「有力者からタブーに挑むなと暗に仄《ほの》めかされたことも……?」

「ええ。ジャーナリズムに携《たずさ》わる者たちの多くは権力にひざまずくことを最大の恥だと思ってるはずですよ」

「曽我さんのおっしゃる通りでしょう。しかし、権力や財力を握った者たちは横暴ですよね?」

「そういう傾向は否《いな》めませんが……」

「尊大な有力者たちは自分に逆《さか》らう人間を嫌います。そして、都合の悪いことは握り潰してますでしょ? 時には闇の勢力に邪魔者を排除させてもいます」

「一部の権力者は、そんなこともしてるようですね。ですが、うちの局は大物政治家、官僚、財界人、裏社会の首領《ドン》などからクレームをつけられたことは一度もありません。仮に外部から圧力がかかったとしても、言いなりにはなりませんよ」

「報道関係者は、そうあるべきでしょう。ですが、それは理想論ではありませんか。新聞社も放送局も番組スポンサーを怒らせるような真似は控えると思います」

「多少の忖度《そんたく》はしても、スポンサーの言いなりになるなんてことは絶対にありません。ナショナル・スポンサーは民放にとっては大事な存在ですが、数社しかないわけじゃないですから。理不尽なクレームをつけてくる番組提供企業があったら、つき合いを断りますよ」

「実際、そこまでやれますかね。新聞、テレビ、ラジオの広告収入が何年も前から減少してることはよく知られています。大口広告主と喧嘩《けんか》できるマスコミが存在するんでしょうか」

「あなた、ちょっと失礼じゃないかっ。日東テレビの報道局はジャーナリズム精神を忘れてなんかいない。広告収入が増えればいいなんて思っちゃいません！」

「こっちの言い方がストレートだったかもしれません。気分を害されたんなら、謝りますよ」

村瀬は言った。

曽我が険《けわ》しい顔つきになった。丸岡が曽我をなだめ、村瀬を正視した。

「ＮＨＫは視聴者から受信料を貰って、放送事業をやってます。しかし、全国紙、民放、商業雑誌は広告収入がなければ、赤字経営に陥るでしょう」

「そうでしょうね。マスコミ全社に言えることだと思いますが、広告収入があるからといって、スポンサーの顔色をうかがって阿《おもね》ってるわけではありません。そこまで堕落してませんよ。わたしたちは番組スポンサーには感謝してますが、あくまでも是々非々《ぜぜひひ》主義を貫いてます。仮にスポンサーと繋がりのある政治家や裏社会の顔役が取材妨害したとしても、尻尾《しっぽ》を巻いたりしません」

「その姿勢は大事だと思いますが……」

「ちょっと待ってください。もう少し喋らせてくれませんか」

「失礼しました。どうぞ！」

「ついでに言ってしまいましょう。警察を含めた官公庁はキャリア官僚に支配されたヒエラルキー社会ですが、民間のマスコミは野武士の集合体みたいなものなんですよ。生理的に権力や権威を嫌う者が多いんです。それだから、有力者が勝手なことを言い出したら、命懸《が》けで闘う覚悟はあります」

「男なら、そんなふうに生きたいですよね。ですが、家族なんかを背負ってたら、捨て身にはなれないでしょう。奥さんだけしかいない硬骨漢なら、体を張って外部の圧力に抗する気になるかもしれませんが」

「なんか含みのある言い方ですね。内海が特集企画を潰そうとした相手に牙を剝《む》いたんで、殺されたんではないかとおっしゃりたいのかな」

「丸岡さん、正直に答えてくれませんか。亡くなった内海さんは取材妨害をされても、圧力に屈しなかった。それで、若死にすることになったんじゃありませんか？」

「言論の自由は尊重しなければなりませんが、臆測《おくそく》でそこまでおっしゃるのはよくないな。まるで日東テレビが外部の圧力に負けて、腰抜けになったと言わんばかりじゃないですかっ。不愉快です！　お引き取りいただけますか」

「わかりました。最後にもう一つだけ質問させてください」

「なんでしょう？」

「内海さんは本当に奥さんとうまくいってたんでしょうか」

「内海は奥さんを大切にしてましたし、奈々緒さんも夫をリスペクトしてましたよ」

「夫婦仲はよかったんですね」

「奈々緒さんを疑ってるんですか⁉」

丸岡が目を剝《む》いた。

「別にそういうわけじゃないんですよ」

「彼女は良妻です」

「そうですか。ご協力に感謝します」

村瀬はソファから立ち上がった。一礼して、報道局長室を出る。

丸岡と曽我は何かを必死に隠そうとしているように感じられた。内海は上司の反対を押し切って、日東テレビに圧力をかけてきた組織か個人の背後関係を密かに単独取材していたのかもしれない。

被害者の妻を根気よく説得すれば、協力を得られるのではないだろうか。村瀬はエレベーターホールに急ぎ足で向かった。外に出ると、周辺の飲食店で聞き込みを重ねた。だが、新たな手がかりは得られなかった。

4

尾《つ》けられているようだ。

村瀬は、二台後ろを走行中の灰色のプリウスが気になった。プリウスは、日東テレビの近くから同じルートを進んでいる。

村瀬はスカイラインで、内海宅に向かっていた。玉川《たまがわ》通りを走っている。池尻《いけじり》のあたりだった。

プリウスを運転している男は、濃いサングラスで目許《めもと》を隠している。『明誠エステート』

の回し者なのだろうか。

事件の被害者宅は世田谷区下馬五丁目にある。分譲マンションの自宅には、未亡人の奈々緒が住んでいるはずだ。三十五歳で、独身のころはブライダル関連会社で働いていた。

やがて、覆面パトカーは三宿交差点に差しかかった。

村瀬は車を左折させた。被害者宅は、三宿通りに面している。不審車輛は追尾してくる。

数百メートル先の左側に、世田谷公園がある。村瀬は公園の際に車を停止させた。ルームミラーを仰ぐと、三十メートルあまり後ろにプリウスが見えた。

村瀬はごく自然にスカイラインを降り、世田谷公園に足を踏み入れた。

すぐに遊歩道を五、六十メートル走り、樹木の間に身を潜める。少し待つと、サングラスをかけた男が園内に駆け込んできた。

周囲を見回しながら、遊歩道をたどってくる。村瀬は息を殺して、男が接近してくるのを待った。

男が歩を運びつつ、サングラスを外した。日東テレビ報道局社会部長の曽我だった。こちらの動きを気にかけるのは、丸岡報道局長や曽我社会部長が何か隠し事をしているからだろう。

村瀬は確信を深めた。

すぐにも遊歩道に飛びだして、曽我を問い詰めたかった。しかし、どうせ空とぼけられるだろう。

村瀬は動かなかった。

曽我はふたたびサングラスで目許を覆うと、小走りに走りはじめた。園内を駆け巡る気なのだろう。曽我の靴音が遠ざかった。

村瀬は樹間を縫《ぬ》いながら、公園の裏門をめざした。遊歩道を幾度か横切ると、間もなく裏門に達した。幸いにも曽我には見つからなかった。

村瀬は大股で住宅街を抜け、被害者宅の前に出た。九階建ての南欧風の造りの白いマンションだった。各室の小屋根には、オレンジ色のスペイン瓦《がわら》が載っている。洒落《しゃれ》た外観だった。

曽我はプリウスの車内で、村瀬が公園から出てくるのを待っているのではないか。村瀬はほくそ笑《え》んで、三宿通りを横断した。

村瀬は目的のマンションの集合インターフォンに近づいた。出入口はオートロック・システムになっていた。

テンキーを押す。内海宅は八〇三号室だった。ややあって、女性の声で応答があった。

「どちらさまでしょう？」

「警視庁捜査一課の村瀬という者です。あなたは内海奈々緒さんですね？」

「はい、そうです。犯人が捕まったのでしょうか？」

「残念ながら、そうではないんですよ。捜査が空転してるんで、改めて聞き込みをさせていただきたいんです。ご協力願えますでしょうか」

「ええ、もちろんです。いまエントランスのロックを解除しますので、八階まで上がってもらえます？」

「わかりました」

村瀬は応じて、集合インターフォンから少し離れた。

オートロックが外された。村瀬はエントランスロビーに入り、エレベーターで八階に上がった。

八〇三号室のドアフォンを鳴らす。応対に現われた内海奈々緒は優しそうな面立《おもだ》ちで、なかなかの美人だった。

村瀬は警察手帳を呈示し、悔みの言葉を述べた。奈々緒が頭を下げ、目を伏せた。

「もう納骨は済まされたんでしょうね？」

「いいえ、まだ遺骨はここに置いてあります。犯人が逮捕されてから、多摩《たま》の公園墓地に……」

「そうですか。ご主人、残念でしたね」

「ええ。まさか夫が不幸な亡くなり方をするとは思ってもいませんでしたので、ショックと悲しみがいまも薄らいでいません」

「そうでしょうね」

「どうぞお上がりになってください」

「はい。故人にお線香を手向《たむ》けさせてもらえますか」

「内海は無宗教でしたので、小さな祭壇にはお骨《こつ》と遺影しか載っていないんですよ。それでも弔《とむら》っていただけるんでしたら、ぜひお願いします」

「そうさせてください」

村瀬は頼んだ。

奈々緒が玄関マットの上に客用のスリッパを並べた。村瀬は靴を脱いだ。玄関ホールの先に二十畳ほどのＬＤＫがあり、両側に居室が分かれている。

「遺骨はこちらにあります」

奈々緒が居間の右手にある和室に入った。

村瀬は後《あと》に従った。八畳間だった。村瀬は白布の掛かった祭壇の前で正坐した。骨箱と遺影は、花と供物《くもつ》に囲まれていた。奈々緒が斜め後ろに坐る気配が伝わってきた。村瀬は遺影を見つめた。故人は透明な笑みをたたえている。知的な顔立ちで、いかにも賢そうだ。

被害者は無宗教だったという。合掌したり、胸の前で十字を切ることはためらわれた。村瀬は目を閉じ、無言で頭を垂れた。心の中で、故人の冥福を祈る。

「ありがとうございます」

奈々緒が立ち上がり、来訪者をリビングに導いた。

村瀬はソファに腰かけた。奈々緒がダイニングキッチンに移り、手早く茶を淹《い》れた。村瀬は相手の気遣いに恐縮した。

奈々緒が正面のソファに浅く腰かけた。

「二年前、ご主人が上司だった宮脇さんに陥れられて、事実とは異なる記事を書いてしまったことがありましたよね」

「ええ。夫は、デスクだった宮脇さんを兄のように慕《した》ってたんですよ。ですから、罠に嵌《は》められたことで憤《いきどお》ってました」

「当然でしょうね、それは」

「でも、宮脇さんは愚かなことをしてしまったと心から悔やんでるようだったんで、結局、夫は水に流す気になったみたいです。当時、社会部の部長をされていた垂石さんにも目をかけられてたこともあって、内海は事を穏便に済ませようと決めたんですよ。毎朝日報の経営が傾くことを恐れてましたんで、辞表を書くことには少しも迷いはなかったようです。〝誤報〟を仕組んだ宮脇さんが職場を追われることは当たり前だと思ってたようですが、垂石さんが引責で退職されたことでは迷惑をかけてしまったと悩んでました」

「そうでしょうね。器の大きな垂石さんは自分にも責任があると強く感じて、内海さんの働き口の世話をしてくれたんでしょ？」

「ええ、そうなんですよ。内海は自分で再就職口を見つけると求職活動をしてたんですが、致命的なミスをしてしまったんで、夕刊紙やスポーツ紙の記者にもなれませんでした」

「気落ちしてるころに、垂石さんが日東テレビの報道局で働けるように手を打ってくれたようですね」

「はい、そうなんです。さんざん世話になった垂石さんに大変な迷惑をかけてしまったんで、もう甘えることはできないと一度は遠慮したんですよ」

「そうだったんですか。それは知りませんでした。きのう、垂石さんにお目にかかったんですが、そういうことはおっしゃってなかったな」

「そうですか」

「いただきます」

　村瀬は湯呑《の》み茶碗に手を伸ばした。

「そんなころ、わたし、子供ができたんです。待望の妊娠でした。夫は家族が増えることになるんで、垂石さんに甘えることにしたわけなんです」

「で、日東テレビ報道局の特約記者になられたんですね」

「そうなんですよ。でも、その翌月に流産してしまったんです。夫は何も言いませんでしたけど、そういうことになるんだったら、自力で働き口を探したかったと思ったでしょうね。他人《ひと》に甘えることは好きじゃない男性《ひと》だったんです」

「皮肉な運命が待ち受けていたわけですが、そんなことは誰にも予想できませんから、別にあなたが気に病《や》む必要はありませんよ」

「え、ええ」

「垂石さんはだいぶ顔が広いようですが、日東テレビに強いコネがあったんですか？」

「報道局長の丸岡さんは、垂石さんの大学の後輩なんですよ。どちらもマスコミ研究会に所属してて、ジャーナリスト志望だったそうです。ですので、社会人になっても親交は重ねてたらしいんです」

「そういう繋《つな》がりがあったんですか。垂石さんは内海さんを気骨のある記者と高く評価してて、いつか『真相スクープ』のメンバーにしたがってたようですよ」

「そこまでは知りませんでした、わたしは」

「話を元に戻します。捜査本部は二年前の例の〝誤報〟と強盗事件の容疑者扱いされた二人の配管工が内海さんの事件に絡んでるのではないか怪しんだんですが、その二人はシロだとはっきりしたんですよ」

「そのことは先月、捜査本部の方に教えていただきました。でも、村瀬さんが配管工をしてる二人を調べ直してみたんですね？」

奈々緒が確かめた。

「そうなんですが、どちらも内海さんの事件には関わってませんでした。捜査本部は、日東テレビの『ジャーナル9』の特集企画絡みの取材対象者の中に加害者がいるのではないかと推測して、徹底的に調べてみたんですよ。しかし、疑わしい人物は捜査線上に浮かんできませんでした」

「そうですか」

「ご主人、取材を妨害されたなんてことを洩らしたりしてませんでした？」

「夫は家では仕事のことは、めったに話さなかったんですよ。『ニュースエッジ』でアンタッチャブルな領域に踏み込んだりしてましたんで、自分の家族が危険な目に遭《あ》う恐れがあると考えてたんでしょうね」

「そうなんでしょう」

「それだから、取材内容はわたしにも黙ってたんではないのかしら」

「奥さん、内海さんが取材の打ち切りを上司から言い渡されて沈み込んでたと思われたことはありませんでした？」

村瀬は奈々緒を直視した。奈々緒がわずかに目を逸《そ》らし、うつむいた。狼狽したようだ。

被害者の妻は何か胸に秘めているにちがいない。村瀬は、そう感じ取った。刑事の勘だった。日東テレビ関係者から口止めされていることがあるのではないか。

「本当に夫は家庭に仕事のことは持ち込まなかったんですよ」

「そうですか。ところで、奥さんは今後どうされるんです？　当座の暮らしには困らないでしょうが、いつまでも預金を取り崩す生活はつづけられないんではありませんか。余計なことですがね」

「事件が解決したら、働きに出ようと思っています」

「仕事は見つかりそうですか？」

「まだ正式に決まってはいないんですが、日東テレビの契約社員にしてもらえるかもしれません。丸岡報道局長がわたしの行く末を心配してくださって、動いてくださるみたいなんですよ。社会部の曽我部長も力になってくれると言ってくれましたんで、夫の職場で働かせてもらうことになりそうですね」

「内海さんが毎朝日報から日東テレビに移って、まだ二年そこそこでしたよね」

「それが何か？」

「ご主人は若くして亡くなったわけですが、日東テレビの丸岡報道局長はあなたを会社で働けるよう根回ししてくれてる。そこまで面倒見がいいと、ちょっと意地の悪い見方をしたくなりますね」

「もっとわかりやすく言っていただけますでしょうか」

「日東テレビは何かの見返りとして、奥さんを契約社員にする気になったんじゃないんですか？」

「余計に理解できなくなりました。はっきりおっしゃってください」

奈々緒がもどかしがった。

「わかりました。穿《うが》ちすぎかもしれませんが、内海さんは上司から特集企画の取材中止命令を受けて、釈然としなかったんではないだろうか」

「そんな話は、夫から聞いていません。なぜ上の方は急に取材を打ち切れなんて言いはじめたんでしょう？」

「内海さんたち『ニュースエッジ』の取材チームは社会や大企業の暗部を抉《えぐ》ってきました」

「ええ、そうですね」

「タブーに挑めば、それを暴《あば》かれる側は焦《あせ》ります。権力者に泣きついて、日東テレビに圧力をかけたりすることもあるでしょう。取材チームのメンバーは巨悪と闘う覚悟で働いてきたんだと思いますが、相手に圧倒的な力があったら、局の重役たちも及び腰になるでしょう」

「そうかもしれませんね」

「硬骨漢の内海さんは外部の圧力に抗《あらが》いつづけたかったでしょう。しかし、組織の一員であるわけです。上役に説得されつづければ、長いものに巻かれてしまうこともあるでしょう。ご主人は不本意ながら、取材を中止したんではないだろうか」

「そんなことがあったら、自棄酒《やけざけ》を何日も呷《あお》りつづけると思います。ですけど、夫がそうした姿を晒《さら》すことはありませんでした。刑事さんの推測にケチをつけるわけではありませんけど、想像に説得力がないですね」

「説得力といえば、報道局の丸岡局長があなたの仕事の世話をするという話も不自然でしょう。そうしたケースは少ないはずです。ご主人は、同族会社の社員だったわけではありません。大きなテレビ局で働いてたんですよ。未亡人の生活の心配まで、上司が心配するでしょうか。丸岡さんは会長でも社長でもないんです」

「ええ、そうですね」

「あなたの今後の生活まで心配するのは、日東テレビが外部の圧力に屈したことを表沙汰にされると、何かとまずいからなんではないのかな。奥さん、知ってることはすべて話してもらえませんか」

「そうおっしゃられても……」

「内海さんは、日東テレビの報道局に圧力をかけた団体、企業、名士の息のかかった者に殺害された疑いもあるんですよ。ひょっとしたら、日東テレビの社員が内海さんの事件に絡んでるのかもしれないな」

「まさか会社の方が夫殺しに関与してるなんてことはないと思います。ええ、そんなことは絶対に考えられませんよ」

「奥さん、冷静になってください。内海さんが外部の圧力に負けずにタブーな事柄をしぶとく取材して、他のメディアに情報を流したりしたら、日東テレビは面目丸潰れです。それを避けるには、内海さんの口を塞いで告発の証拠を闇に葬るほかないでしょう？」

「夫は、丸岡局長や曽我部長に目をかけられてたんです。会社の体面《メンツ》のことは頭にあるでしょうけど、いくらなんでも自分たちの部下を亡《な》き者にしようとは考えないと思います」

「順調に出世した者のすべてとは言いませんが、その多くは利己的な奴が多いんです。組織の存在を最優先にして、同輩や部下は二の次にしがちです」

「偉くなる方たちは情《じょう》が薄いかもしれませんが、殺人に加担するような愚行には走らないでしょう」

「あなたがおっしゃるように、堅気《かたぎ》がそこまではやらないかもしれませんね。消去法で考えると、特集企画の取材を妨害した組織か個人が内海さんを抹殺したと考えてもよさそうだな」

「そうなんでしょうか。でも、丸岡局長も曽我部長は日東テレビに圧力がかかってきたことはないと明言してましたし、警察の方たちもそれを確認したんですよね？」

「ええ、一応。しかし、捜査が甘かったとも考えられます。奥さん、しつこいようですが、胸に仕舞《しま》ってあるものを吐き出してくれませんかね。内海さんは上司の取材中止命令を無視して、単独で取材を続行してたんじゃないですか」

「刑事さんは、どうしてわたしが隠し事をしてると思われるんです？」

「黙ってるつもりでしたが、喋ってしまいましょう。こちらに伺《うかが》う前に日東テレビに行ったんですよ。それで、丸岡局長と曽我部長に何点か確認させてもらいました」

村瀬は明かした。

「そうだったんですか」

「日東テレビを出てから、車で尾けられてることに気がつきました。尾行者は曽我部長でした」

「えっ⁉」

「曽我部長は、こちらの動きを探りたかったんでしょう。尾行されたことで、日東テレビ報道局は警察関係者に何か隠してると直感したんですよ。ご主人は、局に外部から圧力があったことを奥さんに洩らしたことがあるんでしょ？」

「そ、それは……」

奈々緒が言い澱《よど》んだ。

「警察に協力してくれれば、内海さんの事件はそう遠くない日に落着するかもしれないんですよ」

「わかりました。わたし、協力します。夫は、軍拡論者の御木本議員とは別に防衛副大臣を務めたことのある民自党のタカ派国会議員の有馬征夫さんが兵器産業や核シェルター建造会社からヤミ献金を吸い上げる口実として、声高に日本の核武装化の必要を説いてるのではないかと打ち明けてくれました」

「そのことは、捜査本部も把握してました。これまでの捜査で、有馬議員が米朝関係の緊迫度がより高まったと世間を不安がらせてる裏には何かからくりがあると睨んでたんですよ。有馬の狙いは兵器産業や核シェルター建造会社を潤《うるお》わせて、たっぷりヤミ献金をせしめる気だったんでしょう。有馬は自分の悪事がバレると困るんで、日東テレビに圧力をかけたのかもしれないな」

「夫はそこまでは教えてくれませんでしたけど、上司から取材中止の指示があったようです。でも、内海は密かに単独取材をつづけてたんです」

「胆《きも》が据《す》わってるな」

「有馬議員の回し者が夫を殺害したのでしょうか。それとも、兵器産業か核シェルター建造会社に雇われた殺し屋か誰かの犯行なんですかね」

「そのあたりのことは調べてみますよ。奥さんの勇気に謝意を表します」

村瀬は被害者宅を辞去し、世田谷公園の前まで歩いた。

曽我のプリウスはどこにも見当たらない。村瀬は専用捜査車輛に駆け寄った。

スカイラインに乗り込んでから、奈々緒との会話を反芻《はんすう》してみる。丸岡報道局長は特集企画の取材を中止させたことを警察関係者には、ひた隠しにしていた。それは自己保身のためだったのではないか。部下の曽我にこちらの動きを探らせたことも怪しい。丸岡は有馬議員に金で抱き込まれたのだろうか。そのことを内海に看破されたのかもしれない。そうだったとしたら、日東テレビの報道局長は捜査本部事件に関与しているとも疑える。

内海の妻を日東テレビの契約社員にするという話も、やはり釈然としない。丸岡は内海の事件に関わっていることを奈々緒に知られてしまったから、自分の監視下に置きたくて働き口を世話する気になったのだろうか。

丸岡局長の動きを探る必要がありそうだ。村瀬はそう思いながら、イグニッションキーを捻った。

第三章　悪徳政治家

1

トンカツ定食を食べ終えた。

渋谷の道玄坂《どうげんざか》に面した店だ。村瀬は茶を飲んで、セブンスターをくわえた。客は疎《まば》らだった。午後一時を回っているからだろう。

村瀬は世田谷公園の脇に駐《と》めてあったスカイラインのエンジンをかけてから、中尾捜査一課長に電話で経過報告をした。そのついでに、六十八歳の有馬征夫議員に関する情報を里見理事官にできるだけ多く集めてくれるよう頼んだ。中尾課長は快諾《かいだく》してくれたが、少し時間が欲しいとのことだった。

そんなことで、村瀬は午後二時に登庁することになったのだ。

七年前、有馬は国交副大臣だった。そのころ、収賄《しゅうわい》容疑で警視庁捜査二課知能犯係に任意同行を求められた。公共事業の入札で大手土木会社に便宜《べんぎ》を図った嫌疑を持たれたのである。東京地検特捜部も、有馬を便宜供与の立件の証拠固めに取りかかっていた。

だが、有馬は終始、収賄を認めなかった。当時の公設第一秘書が独断で現金三千万円を受け取ったのだろうと主張しつづけた。

公設第一秘書は厳しい取り調べで心理的に追い込まれたようで、汚れた金を個人的に受け取ったと自供した。その結果、有罪判決が下された。

公設第一秘書は刑に服したのだが、仕《つか》えている政治家の罪を被った疑いは消えていない。昔から、悪徳議員は公設秘書たちに罪を被せてきた。

有馬はなんの科《とが》も受けることなく、数年後に今度は防衛副大臣に就任した。そのころから憲法を改め、自衛隊を正式に〝軍隊〟として認めて防衛力を強化すべきだとアピールしつづけてきた。同じタカ派でも御木本議員とは派閥が異《こと》なる。

日本が領土問題で中国や韓国と反目《はんもく》しはじめると、好戦的な発言が目立つようになった。北朝鮮の弾道ミサイルの発射実験が度重なったころから、有馬は日本も核武装すべきだと説きはじめた。御木本とは常に別行動だった。

軍拡化が進めば、兵器メーカーや核シェルター建造会社が利益を得ることになる。そうした企業がタカ派の政治家と癒着しても別に不思議ではないだろう。

日東テレビ報道局は、そういう黒い関係を『ニュースエッジ』で告発する気になったにちがいない。事実、内海たち取材チームは動きはじめていた。ところが、局の上層部は取材中止を決定した。有馬が何らかの形で、日東テレビに圧力をかけたと思われる。

ジャーナリスト魂に燃えていた内海は、密かに独自取材をしていたようだ。そうだったとしたら、有馬議員、兵器産業、核シェルター建造会社が捜査本部事件に関与していた疑いは濃厚だろう。

村瀬は喫《す》いさしの煙草の火を消し、勘定を払って店を出た。専用覆面パトカーは近くの有料駐車場に置いてある。

村瀬はスカイラインに乗り込み、桜田門に向かった。

本庁舎に着いたのは午後一時四十八分過ぎだった。村瀬は地下二階の大きな車庫で五分ほど時間を稼いでから、エレベーターで六階に上がった。

捜査一課長室を訪れると、中尾はソファに坐って資料に目を通していた。

「里見理事官が有馬議員に関する情報を捜二《そうに》から提供してもらったんだ。村瀬君の手間はだいぶ省《はぶ》けただろう」

「助かります」

「掛けてくれないか」

「失礼します」

村瀬は一礼し、中尾課長と向かい合った。

「国交副大臣をやってたころ、有馬征夫は大手土木会社から三千万円を貰った疑いが濃いね。当時、公設第一秘書を務めてた乾陽太郎《いぬいようたろう》が議員の罪を被ったんだろうな」

「ええ、おそらくね。かつての公設第一秘書は出所後、有馬に面倒を見てもらってるんでしょう？」

「いや、そうじゃないようだな。タクシーの運転手になってるから、乾自身が職を見つけたんだろう。乾の顔写真、勤務先、自宅の住所は資料に記載されてる」

「ありがたいですね」

「有馬に関する情報だけではなく、公設秘書たちの分も理事官に集めてもらった。平河町《ひらかわちょう》にある有馬征夫事務所、私邸の住所もわかるよ。ざっと資料に目を通してくれないか」

中尾が書類の束《たば》を卓上で滑らせた。

村瀬は資料をじっくりと読みはじめた。有馬議員の後援会や人脈のことが詳しく記《しる》されている。大企業の役員、新興会社のオーナー、タカ派政治家たちの名が並ぶ。中尾は支持者たちをゴルフコンペにしばしば招いていた。

招待リストには、大手兵器産業三社と核シェルター建造会社最大手の名が連なっている。

「四葉《よつば》重工業は戦闘機、潜水艦、戦車など大型兵器を自衛隊に納めてる最大手で、有馬とのつき合いは長いね」

「ええ。しかし、日本政府は最新型兵器は主にアメリカから購入するようになりましたから、四葉重工業もかつての勢いはないんではありませんか」

「だろうな。ロケット砲弾、重機関銃、自動小銃、榴弾《りゅうだん》、手榴弾《しゅりゅうだん》なんかの製造を手がけてる新星《しんせい》工機の年商は極端に落ち込んではないと思うがね。主に軍事レーダーや通信機器を扱ってる三晃《さんこう》工業は受注が減ってそうだな」

「そうでしょうね」

「里見理事官の報告によると、核シェルター建造業界でトップの立花《たちばな》エンタープライズの立花伸介《しんすけ》代表取締役は元やくざだったらしいんだ。有馬が単独取材をしてた内海健斗を片づけさせたのかもしれないな」

「有馬議員や三人の公設秘書を揺さぶっても、手がかりは得られないでしょう。七年前に有馬の収賄の罪を被ったと思われる元公設第一秘書の乾陽太郎に真っ先に会うことにします」

「そうすべきだろうね。乾が有馬のことを恨んでるかもしれないからな。そうなら、いろいろ喋ってくれるだろう」

中尾が口を結んだ。

それを汐《しお》に村瀬は資料をひとまとめにして、ソファから立ち上がった。そのまま捜査一課長室を出て、エレベーターで地下二階まで下降する。

村瀬はスカイラインに乗り込むと、乾の勤務先に向かった。そのタクシー会社は北区赤《あか》羽《ばね》にあった。

三十数分で、目的の会社に着いた。だが、乾は明け番で足立区の自宅にいるらしい。村瀬はタクシー会社を後《あと》にし、乾宅をめざした。

乾が借りている古ぼけた民間マンションは、荒川《あらかわ》の土手際《どてぎわ》にあった。四階建てで、エレベーターは設置されていなかった。

乾の部屋は四〇一号室だ。村瀬は車をマンションの近くの路上に駐《と》め、四階まで駆け上がった。

インターフォンを鳴らす。

応答はなかった。だが、スチールドア越しにテレビの音声が洩《も》れてくる。村瀬はドアを数回、拳《こぶし》で叩いた。

少し経《た》つと、部屋の主が姿を見せた。乾は満五十四歳だが、はるかに老けて見える。目が落ち窪《くぼ》み、皺《しわ》も目立った。

「誰かな？」

「警視庁捜査一課の村瀬といいます」

「捜査二課の方じゃないんだね？　七年前のことを蒸し返されるのかと一瞬、身構えちゃったよ」

「去年の十二月中旬に日東テレビ報道局社会部の記者が新宿区内で殺害されたんですが……」

「その事件のことは知ってるよ。被害者は以前、毎朝日報の社会部記者だったんじゃない？」

「ええ、そうです」

「おれ、どんな殺人事件にもタッチしてないよ」

「あなたを疑ってるわけじゃないんです。ひょっとしたら、民自党の有馬議員が何らかの形で関与してるかもしれないんですよ。で、かつて公設第一秘書だった乾さんにお目にかかろうと思ったわけです」

「そういうことなら、協力してもいいな。部屋の中に入ってよ。歩廊じゃ、なんだからさ」

「はい、お邪魔します」

村瀬は入室し、後ろ手にドアを閉めた。テレビの電源は切られていた。

「１ＤＫだから、奥に入ってもらうわけにはいかないんだよね。独り暮らしなんで、食堂テーブルセットもないんだ」

「こちらの調べでは、確か乾さんには妻子がいらっしゃったんでは……」

「逃げられたんだ、服役して間もなくね。刑事さんなら、おれが大手土木会社から収賄を受けて有罪判決を受けたことは知ってるでしょ？」

玄関マットの上に立った乾が苦笑いをした。

「ええ。報道によると、あなたが有馬議員に内緒で大手土木会社に入札で便宜を図ってやった謝礼として現金三千万を出させたことになってましたが……」

「それは事実じゃないんだ。先方に三千万を要求したのは有馬征夫本人さ。しかし、汚職捜査の手が伸びたんで、議員はおれに罪を被ってくれないかと頭を下げた。その見返りとして大手土木会社から貰った三千万に七千万を上乗せして、さらに出所後の就職先は必ず見つけてやると約束してくれたんだよ」

「それは口約束だったんですか？」

「ああ、そう。別に念書は取らなかったんだ。そのころは、まだ有馬を信頼してたからね。おれは将来、政治家になりたくて国会議員の公設秘書になったんだよ。でも、自分には逞《たくま》しさが足りないと自覚するようになって、夢は諦めてしまったんだ」

「そうなんですか」

「一億円を貰えたら、妻と娘をずっと食べさせていけると思ったんで、先生の罪を被ることにしたんだよ。でもね、服役して間もなく女房から署名捺印《なついん》済みの離婚届が送られてきたんだ。前科者の家族と白い目で見られる生活には耐えられそうもないって、添え文に綴《つづ》られてた。娘も同じ気持ちだと付記されてたよ」

「ショックだったでしょうね」

「ああ。人間不信に陥ったし、絶望感にも包まれたな。おれは捨て鉢になって、服役中に妻子と縁を切った。悲しくて虚《むな》しかったよ。けど、刑期を迎えれば、有馬から一億円貰えると信じ込んでたんで、なんとか自分を支えつづけることができたんだ」

「有馬議員は約束を守ってくれたんですか?」

　村瀬は訊いた。

「そんな約束をした覚えはないの一点張りで、取りつく島がなかったよ。おれは逆上して、収賄の事実をマスコミに流すと議員に言ってやった。本当にそうする気でいたんだ。

しかし……」

「魔手が迫ったんじゃないんですか？」

「そうなんだよ。地下鉄電車が入線する前にホームから線路に突き落とされそうになったり、夜道で無灯火のワンボックスカーに轢《ひ》かれそうになった。それから、擦《す》れ違いざまに刃物で突かれそうにもなったな。証拠を押さえたわけじゃないけど、有馬が裏便利屋か殺し屋を雇ったんだと思うよ」

「その疑いはあるでしょうね」

「癪《しゃく》だけど、命のスペアはない。だから、有馬を刑事告発することは断念したんだ。警察が動きだしたら、おれは間違いなく消されるだろうからさ」

「乾さんは有馬議員に近づかないようにして、自分で仕事を見つけたんですね？」

「そう。求人誌を見て、いまのタクシー会社に就職したんだ。犯歴を知られた可能性もあるんだが、採用されたんだよ。給料はよくもないんだが、生活はできる。停年まで働かせてもらうつもりだよ」

「苦労しましたね」

「有馬なんかを信頼してた自分がばかだったんだ。自業自得《じごうじとく》さ」

「議員は国交副大臣のころ、大手ゼネコン各社に袖の下を使わせてたんでしょ？」

「ああ、よくヤミ献金を要求してたね。そうして得た金が政治活動に遣《つか》われることは、ほとんどなかったな。有馬は酒と女が大好きなんだよ」

「夜ごと銀座や赤坂の高級クラブを飲み歩いてるのかな？」

「ほぼ毎晩だったね。それで気に入ったホステスを金で口説《くど》いて、愛人にしてたんだ。でも、一、二年で飽きちゃうんだよな。それでも、十年以上も前から囲ってる五味結衣《ごみゆい》という元ＣＡとは切れてないと思うよ。有馬は、その彼女にぞっこんだったからな」

「その女性は、おいくつぐらいなんです？」

「もう三十七、八になるはずだけど、色気のある美人だよ。多分、いまも『鳥居坂《とりいざか》ロイヤルコート』を借りてもらってるんじゃないのかな」

乾が呟くように言った。

「有馬議員は防衛副大臣になってからも、兵器メーカーに賄賂を要求してたんでしょうね？」

「軍事兵器メーカーの各社から毎年、ヤミ献金を貰ってたよ。でも、副大臣でなくなってからは露骨に袖の下を要求できなくなっただろうね。それでもさ、有馬は族議員だったわけだから、兵器産業も縁は切ってないと思うよ」

「有馬征夫は数年前から、日本も核武装すべきだと盛んに訴えるようになりましたでしよ？　軍拡論者の御木本議員みたいに」

「そうだね」

「日本政府が核武装化に踏み切れば、隣国との緊張も高まるから、通常兵器を扱う兵器産業や核シェルター建造会社の年商だってアップを望めるでしょう」

「だろうね。でも、タカ派と目《もく》されてる有馬も北朝鮮とアメリカが本気で核戦争にまでエスカレートするとは考えてないんじゃないかな。両国間が緊迫してることは確かだけど、核弾頭を積んだ大陸間弾道ミサイルを撃ち込み合ったら、それで終わりじゃないか」

「ええ、そうでしょうね。両国のリーダーが挑発し合ってるのは、自国を利する形で対話に持ち込みたいと考えてるからなんだろうな」

「おれも、その通りだと思うね。ただ、北の独裁者が中国やロシアの制裁に腹を立てて自暴自棄になったら、アメリカの子分である日本に最初に核ミサイルを撃ち込むかもしれないな。日本人の多くがそのことを心配してるから、有馬は不安を煽って日本も核武装すべきだと説き、兵器産業が儲けるチャンスを与えたいだろう。政府はアメリカから防衛システム『イージス・アショア』を二基購入すると閣議決定したが、それで北の核ミサイルを本当に迎撃できるのかどうか。防衛予算はアップするだろうね」

「議員の狙いは、兵器産業や核シェルター建造会社からヤミ献金を少しでも多くせしめようと企《たくら》んでるだけなのか」

「おおかた、そんなところだろう。有馬は憂国の士みたいなことを言ってるけど、権力と金を欲しがってる俗物なんだよ。おれは長い間、あの男に仕えてきたから、真の姿がわかるんだ」

「日東テレビの報道局は、有馬議員が兵器産業や核シェルター建造会社との癒着の背景を取材して特集企画を放映予定だったようなんですよ」

「えっ、そうだったのか」

「しかし、日東テレビの上層部は報道局長に指示して、その取材を打ち切らせてしまったようなんです。内海記者はそれに納得できなくて、密かに単独取材をしてたと思われます」

「有馬征夫が日東テレビの会長あたりに圧力をかけて、取材をやめさせたんじゃないのか。あの男なら、やりかねないよ」

「乾さんも、そう思いますか。こっちも、そう推測したんです」

「有馬は何があっても、思い通りに事を進めてきた。都合の悪いことがあったら、平然と邪魔者はこの世から消すだろう。日東テレビの社会部記者を始末させたのは有馬かもしれないな。あの男は裏社会とも繋がりがないわけじゃないからさ」

「議員が怪しいことは確かですが、兵器産業や核シェルター建造会社も疑わしいですね。有馬議員にヤミ献金を渡してたことが日東テレビの『ニュースエッジ』で暴かれたら、企業のイメージに傷がつくでしょ？」

村瀬は言った。

「そうだな。兵器産業なんかも疑えなくはないね。それから、日東テレビの人間も怪しいやな」

「そうですね。乾さん、有馬議員の公設第一秘書を務めてる庄司《しょうじ》重久《しげひさ》さんとは面識がおありなんですか？」

「おれが公設第一秘書をしてるとき、庄司はサードだったんだ」

「つまり、第三秘書だった？」

「そう。いま庄司は四十五だと思うが、頭はシャープだよ。物腰が柔らかいんで、有馬の支持者たちには好かれてるね。ただ……」

「ただ、何です？」

「いつも本音を言わないんで、信用できない面があるな。有馬は庄司を高く評価してるみたいだけど、いつか大将の寝首を掻《か》くかもしれないタイプだね。スタンドプレイは上手だけどさ」

「そういうタイプなんですか」

「いまも第二秘書に甘んじてる堤《つつみ》は、庄司のことを嫌ってると思うよ。どっちも有馬の下で一所懸命に働いても、前途は決して明るくない。おれみたいにうまく利用されるだけなんじゃないのかな。どうでもいいことだけどさ」

「公設第一秘書の庄司さんは、だいたい有馬議員と行動を共にされてるんでしょ？」

「そのはずだよ。でも、有馬が愛人のとこに行くときは必ず別行動だね」

「それはそうでしょう。しかし、後援会の幹部とか兵器産業の重役たちと会うときは議員も公設第一秘書を伴うことが多いんでしょ？」

「そうだね。有馬は海千山千だから、悪いことをしててもシラを切り通すだろうな。だけど、庄司はそこまで図太くないと思うよ。奴の弱いとこを突けば、捜査に協力してくれるんじゃないかな」

「何か庄司さんの弱みをご存じですか」

「いや、具体的には知らないな。多分、女関係のスキャンダルはないと思うね。ギャンブル好きでもないから、違法カジノに出入りしてるとも思えない」

「ストレスの多い仕事だから、麻薬に溺《おぼ》れてるなんてことは？」

「それも考えられないよ」

「ヤミ献金を公設秘書が代理受領することも少なくないんでしょ？」

「そうだね」

「議員の領収書を先方に渡したりはしてないと思いますが……」

「そんなヘマはやらないさ」

「それなら、公設秘書がヤミ献金の何割かを着服できそうだな」

「そんなことをしたら、すぐバレちゃうよ。先方は有馬にヤミ献金の額を事前に教えるから、ネコババなんか無理だって」

「なるほど」

「でも、庄司にもきっと何か弱点があるにちがいないよ。本音と建前を上手に使い分けてる奴は信用できない部分があるじゃないか」

「ええ、そうですね」

「おれは有馬に利用されて、人生を台無しにされた。あの男が殺人事件に関わってたら、破滅が待ってるわけだ。そうなったら、ざまあみろだね。刑事さん、俗物議員を追いつめてよ」

「ちょっと有馬議員を調べてみます」

「よろしく！」

乾が片手を高く掲げた。

村瀬は礼を言って、四〇一号室を出た。

2

全身の筋肉が強張《こわば》りはじめた。

ずっと同じ姿勢で、フロントガラス越しに雑居ビルの出入口に視線を注《そそ》いでいたせいだろう。村瀬は肩を上下させ、首を回した。

千代田区平河町である。村瀬は乾陽太郎の自宅を辞し、まっすぐ有馬議員の事務所にやってきた。

といっても、直《じか》に国会議員の個人事務所を訪ねたわけではない。張り込み場所に車を駐めると、雑居ビルの二階にある有馬の事務所に偽電話をかけた。民自党本部の職員になりすましたのである。

有馬議員は自分の事務所にいた。それを確認してから、村瀬は張り込みを開始した。

いつの間にか、暗くなっていた。時刻は午後六時半近い。退屈だが、捜査対象者が動きだすのを待つほかない。

ペットボトルの飲料水を飲んでいると、上着の内ポケットで私物のスマートフォンが振動した。村瀬はペットボトルのキャップを閉め、スマートフォンを摑み出した。ディスプレイを見る。発信者は神林亜季だった。

「『明誠エステート』の奴らが店に来て、しつこく物件を売れって迫ってるのか?」

村瀬は先に言葉を発した。

「ううん、そうじゃないの。うちの店の並びの『浜千鳥《はまちどり》』の大将が桐野営業部長を刺身庖丁《ぼうちょう》で刺してしまったのよ。桐野と柿沼の二人を追っ払おうとして、大将は刃物をちらつかせたようね。桐野と揉み合いになって、お腹を刺しちゃったみたいよ」

「で、桐野はどうなったんだ?」

「救急車に担《かつ》ぎ込まれたときは意識がはっきりしてたらしいから、死ぬようなことはないと思うわ。『浜千鳥』の大将は過失傷害容疑で新宿署に連行されたの。運が悪かったわよね、大将は」

「殺意はなかったんだろうから、有罪判決が下っても執行猶予は付くだろう。大将は商売をつづけられるさ」

「そうだといいな。『明誠エステート』の社長は地上げと地下げで会社を大きくしてきた荒っぽい男だから、営業部長が怪我を負わされたことで逆上して、柳小路一帯を力ずくで手に入れようとするんじゃない？」

　亜季は不安そうだった。

「おれは逆だと思うな」

「逆？」

「そう。ケチがついたんで、地上げは諦めるんじゃないか。柳小路一帯の土地を欲しがってる格安航空会社だって傷害事件にまで発展した物件を何がなんでも入手したいとは思わないだろう」

「そうかな」

「多分、こっちの読み通りになるだろう。びくびくしないで商売に励めよ」

「あなたがそう言うんなら、『明誠エステート』は手を引くかもしれないわね。いろいろ心配かけちゃったけど、仕事に精を出すことにするわ」

「そうしなよ。困ったことがあったら、いつでも連絡してくれないか」

「でも、職務で忙しいんでしょ？」

「まあね。しかし、仕事より亜季のほうが大事だよ。だから、遠慮するなって。それじゃ、また！」

　村瀬は電話を切った。気障《きざ》な言い方をしたことが幾分、気恥ずかしかった。だが、口走ったことは本心だった。

現場捜査は大好きだった。凶悪な犯罪者を野放しにしておくことはできない。被害者側に寄り添って、一日も早く事件を落着させる努力を惜《お》しむ気持ちはない。それなりに使命感もある。だが、職務よりも亜季の存在は重かった。

スマートフォンを懐に戻して一分も経《た》たないうちに、今度はポリスモードが着信した。

電話の主は中尾課長だった。

「以前、有馬の公設第一秘書だった乾陽太郎には接触できたのかな？」

「ええ」

村瀬は、聞き込みで得たことをかいつまんで話した。

「乾は仕えてた国会議員にうまく利用されたんだろうから、有馬のことを恨んでるんだろう。だから、乾の話を鵜呑《うの》みにするのはまずいかもしれないぞ」

「ええ、そうですね。しかし、自分も浅はかだったと悔やんでる様子だったんですよ。有馬の悪事を誇張して喋ったわけじゃないと思います」

「そうなら、有馬は欲の深い悪徳政治家なんだろう。国交副大臣のときだけではなく、防衛副大臣を務めてるころもヤミ献金を関連企業から吸い上げてたとは救いがないな」

「ええ、そうですね。金にはそれだけの魔力があるんでしょうが、有馬は政治家失格ですよ」

「同感だね。防衛副大臣のポストを失っても、〝族議員〟のひとりではある。有馬は日本の核武装化を必ず実現させるからと兵器産業や核シェルター建造会社の気を惹《ひ》いて、できるだけ多くのヤミ献金をせしめる気でいるのかもしれないな」

「そうなんでしょう」

「日本はアメリカに押し切られてステルス戦闘機、迎撃ミサイル、防衛システム『イージス・アショア』を買わされることになるだろう。国内の兵器産業や核シェルター建造会社の受注量がそんなに増えるだろうか」

「日本の核武装化の実現は難しいでしょう。戦争に巻き込まれることを恐れてる国民が大半ですからね。しかし、米朝が核戦争に突入する可能性はゼロとは言い切れないでしょ？」

「ああ、そうだな。憲法を改めて自衛隊を軍隊化したがってる政府に同調する国民が増えれば、防衛予算が増えて国内の兵器産業は受注が増加するだろう。核シェルター建造会社も忙しくなるはずだ」

「でしょうね。しかし、民自党と連立してる公正党《こうせい》は、改憲には慎重な姿勢を崩してません。野党議員の半分ぐらいは護憲派です」

「日本を核保有国にしたいと願ってる有馬議員の目論《もくろ》みは、とうてい……」

「実現しないでしょう。有馬の真の狙いは、憲法で自衛隊を〝軍隊〟として認めさせることなんではないのでしょうか。そうなれば、国内の兵器産業は確実に受注量が増えます。米朝が睨み合いをつづけたら、核シェルター建造会社も注文が増加するでしょう」

「有馬はヤミ献金にありつけるわけだ」

「そうですね」

「これまでの捜査で、日東テレビ報道局が有馬の過激な発言の意図《いと》を取材してた事実は確認してるんだが、報道局長の丸岡はどこかから圧力がかかったわけではないとはっきりと言い切った。ニュースバリューがないと判断したんで、特集企画のネタにはならないと……」

「丸岡局長の話は言葉通りには受け取れませんよ。内海は取材が中止された後も、単独で有馬議員の動きを探ってたんでしょう」

「そうなのかもしれないが、捜査班は平河町の有馬事務所、民自党本部、衆議院会館、渋谷区猿楽町《さるがくちょう》にある自宅周辺の防犯カメラの映像をすべてチェックしたんだが、被害者が映ってるＤＶＤはなかったんだ」

「内海健斗は変装して、有馬のことを調べてたんじゃないだろうか」

「そうか、そうなのかもしれないぞ。有馬には怪しい点があるから、そのまま張り込みを続行してくれないか」

中尾課長の声が途絶《とだ》えた。

村瀬はポリスモードを上着の内ポケットに突っ込んだ。カーラジオを点け、チューナーをFMに合わせる。だいぶ昔に流行《はや》ったジョージ・ベンソンのフュージョンが響いてきた。懐かしいナンバーだった。

村瀬は耳を傾けた。

ダイアナ・ロスの曲に変わった直後、注視していた雑居ビルの地下駐車場から黒塗りのレクサスが走り出てきた。

ハンドルを捌《さば》いているのは、四十代半《なか》ばの男だった。村瀬は目を凝らした。ドライバーは庄司重久だ。有馬議員の公設第一秘書である。有馬は後部座席に腰かけていた。二人のほかには誰も乗っていない。

村瀬はラジオの電源をオフにした。

有馬は銀座のクラブに行く気なのか。そうではなく、愛人の五味結衣の自宅マンションを訪ねるつもりなのだろうか。村瀬は黒いレクサスが遠のいてから、スカイラインを走らせはじめた。一定の車間距離を保《たも》ちながら、レクサスを追った。

予想は外れた。

有馬を乗せた国産高級車は新宿方面に進み、中央自動車道の下《くだ》り線に入った。村瀬もハイウェイをたどりはじめた。

レクサスはひた走り、大月JCT《おおつきジャンクション》から河口湖《かわぐちこ》IC《インターチェンジ》方面に向かった。富士五湖の周辺のゴルフ場で、翌朝からコースを回るつもりなのか。そうだとしたら、今夜はホテルに泊まるのだろう。

レクサスは河口湖ICの料金所を出ると、国道一三九号線に乗り入れた。庄司が尾行に気づいた様子はうかがえない。村瀬は堂々と有馬の車を追走した。

レクサスは直進し、鳴沢村《なるさわむら》を通過した。国道を右折すれば、右側に河口湖が横たわっている。左側には西湖《さいこ》があるはずだ。

有馬の車は道なりに走り、本栖湖《もとすこ》の湖尻から湖岸道路に入った。早春だからか、車輛は少ない。本栖湖の周辺には大きなホテルはなかったと記憶している。どうやら有馬は自分の別荘か、知り合いのセカンドハウスに向かっているようだ。

レクサスは湖と烏帽子岳《えぼしだけ》の間を数百メートル進み、林道の中に入っていった。本栖湖とは反対側だった。

村瀬はレクサスの尾灯《テイルランプ》が闇に紛《まぎ》れる直前まで待って、スカイラインを林道に入れた。

すぐにスモールライトに切り替え、低速で走行する。闇が深い。視界が利かないから、ひどく運転しにくかった。

運転席側のパワーウインドーを下げ、耳に神経を集める。前方からレクサスの走行音がかすかに聞こえた。

村瀬は用心深くスカイラインを走らせつづけた。車内に流れ込んでくる寒気は凍《い》てついていた。烏帽子岳は標高千三百メートルにも満たないが、都会の夜気《やき》とは違う。

やがて、レクサスの走行音が熄《や》んだ。目的地に到着したのだろう。

村瀬は百数十メートル先で、車を林道の脇にある側道《そくどう》に隠した。グローブボックスの中から暗視望遠鏡《ノクトスコープ》を取り出し、助手席からコートを摑み上げる。

村瀬は上着の上にコートを羽織ってから、林道に出た。

姿勢を低くして、ゆっくりと前進する。両側は自然林で、別荘や民家は見当たらない。

村瀬は、さらに進んだ。

と、左手の視界が急に展《ひら》けた。広い敷地の車寄せには三十数台のセダンが並び、大きな洋館の窓から電灯の光が零《こぼ》れていた。

自然石を積み上げた門柱には、有馬山荘の表札が掲げてある。千数百坪はありそうな所有地は丸太の柵《さく》で囲われていたが、門扉《もんぴ》はなかった。

村瀬はノクトスコープを目に当てた。

門柱のあたりに、防犯カメラは一台も設置されていなかった。その代わり、敷地のあちこちに赤外線スクリーンが張り巡らされていそうだ。

村瀬はノクトスコープのレンズの倍率を最大にして、改めて車寄せを見た。見覚えのある黒いレクサスは最も端に駐めてあった。

玄関ホールの横にある大広間《サロン》から、男たちの話し声が流れてくる。だが、会話の内容まではわからない。

白いレースの半分は、厚手のドレープカーテンで覆われている。隙間から幾つかのシルエットが透けて見えるが、年恰好《としかっこう》は判然としなかった。

正面から無断で敷地に入るのは避けるべきだろう。村瀬は有馬の別荘の脇の自然林に分け入り、しばらく動かなかった。

やがて、目が暗さに馴《な》れた。村瀬は柵に沿って奥に進み、屈《かが》み込んだ。手探りで小石を幾つか拾い上げ、三方向に投げる。

アラームは鳴り響かなかった。どうやら赤外線センサーは設置されていないようだ。

村瀬は敷地内に侵入することにした。

違法捜査になるが、特に後ろめたさは覚えなかった。現にこれまでも、たびたび反則はしてきた。事件の解決に繋がる違法行為は必要悪ではないだろうか。

村瀬は、そう考えている。自他共に許すはみ出し刑事だが、一般市民に迷惑をかけたことは一度もない。ただし、狡猾《こうかつ》な犯罪者には手加減しなかった。違法行為も厭《いと》わない。

村瀬は囲いの柵を跨《また》いで、敷地の中に忍び込んだ。

中腰で少しずつ建物に接近する。大広間から拍手が聞こえた。村瀬は大広間のそばまで走って、外壁に耳を押し当てた。

「今夜はわざわざ当方の山荘まで足を運んでいただき、申し訳ありません。都内のホテルのホールでは喋りにくいこともありますんでね」

「有馬先生、前置きははしょって本題に入ってくれませんか」

「守屋《もりや》先生は昔から、せっかちだな。物には順序があるでしょ？」

「わかりました。おとなしく拝聴しましょう」

「もう茶々は入れないでほしいな」

「はい、はい」

「ここにお集まりいただいた三十六人の民自党の同志は、マスコミの連中に好戦的なタカ派というレッテルを貼られてますが、そんなことは気にしないようにしましょう」

「そうだ、そうだ」

守屋の声だ。

「アメリカ大統領は例のロケットマンがいつまでも子供のように駄々をこねつづける気なら、特殊部隊に斬首作戦のゴーサインを出すかもしれません。独裁者が死んだら、側近たちは正気を失って日本、韓国、アメリカに核弾頭を数発ずつ撃ち込むでしょう」

「考えられない話じゃないな」

同席の男が相槌《あいづち》を打つ。

「そうなったら、もはや手遅れです。だから、早く憲法を改正して自衛隊を〝軍隊〟にして、日本も核兵器を備えるべきなんですよ」

「異議なし！」

守屋が大声を発した。同調者の声が次々に上がった。

「国民の内閣支持率を気にしてる総理だけではなく、閣僚たちも楽観的ですね。アメリカは同盟国の日本を護《まも》り抜くなんて言ってますが、いざとなったら、約束を反故《ほご》にしかねません。あちらは自国の最新兵器を日本に大量に売りつけたいんで、兄貴分のようなことを言ってるんでしょう。しかし、頼りにはなりませんよ」

「日本が核兵器を持てば、アメリカの庇護《ひご》は必要なくなる。どんな核保有国とも対等に渡り合えるようになるんだから、米軍基地もいらないわけだ」

別の出席者が言った。

「久保《くぼ》先生がおっしゃった通りですよ。在日米軍の負担金で、いつでも日本は核武装化できます。他国からの脅威をゼロにすることが可能なんですよ。だから、一日も早く自衛隊を国防軍にして、核武装化しなければなりません」

「だけど、わが党とタッグを組んでる公正党議員の中には護憲派もいます」

「久保さん、そういう議員のスキャンダルをわれわれで押さえましょう。そうすれば、いやでも改憲派になりますよ。くっくっく」

「そういう手もあったか。そうなれば、数の論理で改憲は早期に実現しそうですね。核保有国になることも現実味を帯びてくる」

「そうです。同志のみなさん、総理と全閣僚をせっつきましょう。核武装すれば、北朝鮮、中国、ロシアに一目置かれるはずです。われわれの危機感が全国民に伝わるよう、もっともっと頑張りましょうよ」

有馬が大声で呼びかけた。盛大な拍手が鳴り響いた。

その直後、暗がりから大男が不意に現われた。銃身を短く切り詰めたショットガンを持っていた。

「おい、そこで何をしてるんだっ」

「道に迷ってしまったんですよ。寒さに耐えられなくなったんで、こちらの山荘で少し暖《だん》を取らせてもらおうと思ったんです。でも、何かの会合が開かれてるようなんで、ドアをノックすべきか迷ってたんですよ」

村瀬は言い繕《つくろ》った。

大柄な男は笛を鳴らすと、ショットガンを構えた。

村瀬は拳銃を携行していたが、いま使うのは賢明ではないと判断した。身を翻《ひるがえ》し、柵に向かって駆けはじめる。

重い銃声が轟《とどろ》き、すぐ後ろで散弾の着弾音がした。建物から複数人が飛び出してきた。

村瀬はジグザグに走りながら、囲い柵を越えた。自然林の奥をめざす。村瀬は樹木の間を走り抜けながら、小さく振り向いた。

ショットガンを提《さ》げた巨漢を先頭にして、四人の男が追ってくる。暗くて追っ手の顔は見えないが、一様《いちよう》に体つきは若々しい。有馬に雇われた見張り役だろう。

夜の自然林の中では、狙い撃ちは難しい。特に恐怖に竦《すく》むことはなかった。

しばらく行くと、前方に誰かが立っていた。四人の仲間かもしれない。村瀬は身構え、シグ・ザウエルP230JPの銃把《グリップ》を握った。

「刑事さん、わたしです。『真相スクープ』を発行してる垂石ですよ」

相手の声には聞き覚えがあった。

村瀬は暗視望遠鏡を片方の目に近づけた。太い樹幹に身を寄せているのは、紛《まぎ》れもなく垂石だった。

村瀬は垂石に走り寄った。

「なぜ垂石さんがこんな所にいるんです⁉」

「話は後《あと》にしましょう。ちょっと離れたところに割に大きな洞穴《ほらあな》があります。ひとまず二人とも隠れましょうよ」

垂石が早口で言って、案内に立った。村瀬は垂石に従《つ》いていった。四、五十メートル先に傾斜地があり、その法面《のりめん》に穴が空いていた。

村瀬たちは洞窟《どうくつ》の中に潜《もぐ》り込んだ。どちらも黙したまま、耳を澄ました。追っ手の足音は伝わってこない。

「刑事さんには黙ってたんですが、生前、内海君は日東テレビの会長の判断で有馬議員の身辺取材が急に中止になったことを残念がってたんですよ。おそらく議員は民自党のタカ派議員たちと改憲を推進するだけじゃなく、非合法な方法で日本の核武装化計画を練ってたんでしょう」

垂石が小声で言った。

「内海さんは取材で得たことをあなたに喋ったんですか？」

「断片的なことだけですがね。まだ悪事の証拠を摑んだわけではないんで、多くは語らなかったな。内海君は密かに単独で取材を続行する気だったんですよ。しかし、不幸なことになったんで、わたしは彼の弔い取材をしてるんです。で、自分の仕事の合間に有馬議員の動きを探ってたわけです」

「きょうは平河町の事務所の近くで張り込んでて、議員の車を追尾してきたんですか？」

村瀬は訊いた。

「いいえ、そうじゃないんです。内海君から有馬が密かに自分の別荘にタカ派議員たちを集めて、何か企んでるようだと聞いてたんで、自分の車でこっちに来たんですよ。刑事さんを見かけたときは一瞬、自分の目を疑いました」

「こっちも同じです。垂石さんは、もう有馬の別荘には近づかないほうがいいですね。見張りと思われる大男はためらうことなくショットガンをぶっ放しましたから、とても危険です。東京に戻られたほうがいいと思います」

「あなたはどうされるつもりなのかな？」

垂石が問いかけてきた。

「また別荘の様子をうかがってみます」

「わたしも行きますよ。そのほうがいいでしょう」

「こっちのことはご心配なく……」

村瀬は洞穴から先に出て、自然林の中に入った。

あたりに目を配りながら、別荘に舞い戻る。車寄せには、まったく車は見当たらなかった。建物の中も真っ暗だ。タカ派議員と見張りの男たちは早々に姿をくらましたのだろう。

村瀬は吐息をつき、林道に足を向けた。

3

何も動きはない。

村瀬はついレンタカーのカローラのハンドルを抱き込んで、溜息をついてしまった。有馬の別荘に侵入したのは一昨日《おととい》の夜だ。

きのうは早朝から有馬の私邸に張りつき、終日、動きを探《さぐ》った。有馬は午前十時過ぎに公設第一秘書の庄司が運転するレクサスで平河町の事務所入りし、午後九時過ぎに帰宅した。

庄司が兵器産業か、核シェルター建造会社の者と接触するかもしれない。村瀬はそれを期待し、公設第一秘書を尾行した。

庄司はタクシーで恵比寿《えびす》にある自宅マンションに戻り、そのまま午前零時まで外出することはなかった。村瀬は捜査を切り上げ、自分の塒《ねぐら》に戻った。

きょうも空振りに終わるのか。すでに午後三時を回っている。有馬の事務所の近くにレンタカーを停めたのは午前九時過ぎだった。

有馬が庄司とともに事務所入りしたのは、その四十数分後だった。それから、議員も公設第一秘書も表に現われない。

勇人舎の垂石社長から何か手がかりを得られるのではないか。村瀬は捜査資料で先方の連絡先を確認して、私物のスマートフォンで電話をかけた。

受話器を取ったのは女性社員だった。村瀬は身分を明かして、電話を社長室に回してもらった。

「やあ、村瀬さん。一昨日は危ない思いをされましたね。やはり、わたしも村瀬さんと一緒に有馬の別荘の様子を見に行くべきでしたよ。タカ派議員たちは、まだ別荘にいたんでしょ？」

「いいえ、もう誰もいませんでした」

「そうですか。全員、逃げたんだな」

「ええ、そうなんでしょう。会合に参加した議員たちの車のナンバーを先に控えておくべきでした。垂石さんはナンバーをメモされたんですか？」

「そうしたかったんですが、暗くて数字を読み取れなかったんですよ。しかし、その気になれば、会合に出た議員たちは調べることができます。有馬と親しくしてる国会議員たちをチェックしていけば……」

　垂石が言った。

「ええ、そうですね」

「タカ派議員を割り出しても、狸《たぬき》どもが口を滑らせるなんてことはないでしょう。そこまでしなくても、内海君が単独で有馬征夫をマークしてたことがわかったんですよ」

「えっ、そうなんですか」

「きのう、有馬宅と四葉重工業の本社に行ったんですよ。付近の防犯カメラの映像を観《み》せてもらったら、長髪のウィッグを被った内海君が映ってました。服装もミュージシャン風でしたね。ちょっと見ではわからないでしょうが、映ってたのは間違いなく内海君だったな」

「捜査本部のチェックが甘かったんでしょう」

「彼は、有馬が兵器産業や核シェルター建造会社からヤミ献金を貰ってると睨み、その証拠を摑みたかったんでしょう」

「でしょうね」

「それから、わたし、核シェルター建造会社の立花伸介社長のことも調べてみたんですよ。ちょうど五十歳の立花は、十二年前まで関東仁友会《かんとうじんゆうかい》の中核組織の準幹部でした。武闘派やくざとして知られてたようで、傷害の前科がありました」

「そうですか」

「有馬は収賄の事実を内海君に暴かれたくなくて、立花エンタープライズの社長に始末を頼んだんじゃないだろうか。立花自身が手を汚すとは思えないから、誰か第三者に内海君を……」

「有馬だけではなく、兵器産業もヤミ献金のことを報道されたら、イメージがダウンするでしょう」

「それは避けられないな。四葉重工業、新星工機、三晃工業の三社は疑惑の対象になるんでしょう。わたし、有馬にヤミ献金を渡したと疑える会社を調べてみるつもりです。場合によっては、『真相スクープ』の編集スタッフを総動員しますよ。といっても、警察を出し抜く気はありませんから。犯人に目星がついたら、真っ先に村瀬さんに教えます」

「あなたのお気持ちはありがたいんですが、こっちは殺人犯捜査に長く携わってきたんで……」

「あっ、失礼！　村瀬さんを半人前扱いしたわけじゃないんですよ。一日も早く内海君の事件が解決することを願ってたんで、捜査に全面協力したいという気持ちを伝えたかったんです。あなたのプライドを傷つける気なんかなかったんですよ」

「ええ、わかってます。役に立ちそうな情報を提供してくださったことに感謝します」

村瀬は通話を切り上げ、スマートフォンを所定のポケットに戻した。

何不自由なく育った垂石は他者に対する思い遣りが並の人間よりもあるのだろう。それだから、周囲の者たちに好かれるのではないか。

利他の精神を忘れて、私利私欲に走ってしまう現代人が多い。競争社会で生き残ることを優先したら、どうしても損得を先に考えがちだ。

経済的な不安を抱えていたら、利己的な発想になるのではないか。もちろん貧しい家庭に生まれても、凜《りん》とした生き方をしている人間はいる。貧富の差だけで、人間の優しさや品格は語れないだろう。

ただ、裕福な家で育った者たちがおおらかで、おっとりしている傾向はある。やはり、がつがつとした生き方は見苦しい。

垂石のように侠気《おとこぎ》のある人間は魅力的だ。なんとなく憧《あこが》れる。しかし、世俗に塗《まみ》れた自分は垂石のように無欲のままでは生きられなくなっている。そのことが残念であり、哀《かな》しくもあった。

今回の事件被害者の内海も、なかなかの好漢だったにちがいない。いま体を張ってジャーナリスト魂を持ちつづけられるマスコミ関係者がどれほどいるだろうか。タブーとされる領域に本気で踏み込むジャーナリストは数える程度しかいないのではないか。

別にマスコミ関係者たちを茶坊主と見下しているわけではない。自分がジャーナリストだったとしても、アンタッチャブルな事柄にはつい腰が引けてしまうだろう。まだ独身だが、ドン・キホーテのように勇ましくはなれない。それが並の人間ではないだろうか。

内海は妻がいながらも、何ものも恐れていなかったようだ。身勝手と言えないこともないが、その勇気と覚悟は称《たた》えてもいいのではないか。

「おれには被害者のような生き方はできそうもない。上昇志向はないが、正義感も中途半端だからな」

村瀬は声に出して呟いた。

その数分後、懐でポリスモードが鳴った。刑事用携帯電話を取り出す。電話をかけてきたのは中尾課長だった。

「特に動きはないようだね」

「ええ」

「担当管理官の大林君から報告があったんだが、有馬は二年前から派閥を超えて民自党のタカ派議員三十六人に呼びかけて不定期に勉強会を開いてるそうだ。去年の初夏ごろから本栖湖の近くにある有馬の別荘に集まることが多くなったらしい。『瑞穂《みずほ》の会』と名付けたのは有馬だそうだ。会の代表になった有馬が自分のセカンドハウスを提供する気になったんだろう」

「そうなんでしょうね。捜査本部は『瑞穂の会』のメンバーを把握したんですか？」

「会員リストを手に入れたそうだよ。メンバーは有馬と同様に早く憲法を改めて自衛隊を軍隊として明記することを望んでるということだったな」

「メンバーの多くは、日本も核武装すべきだと考えてるんでしょうね」

「そうみたいだが、四葉重工業など兵器メーカーと癒着してると思われる議員はいないようなんだ。四葉重工業、新星工機、三晃工業の役員たちと会食し、ゴルフコンペに招待してるのは有馬議員だけらしい。まだ未確認だそうだが、有馬は立花エンタープライズの社長とも親交が深いみたいだよ」

「ええ、そうでしょう」

「ヤミ献金を貰ってるのは、有馬だけなんではないかな」

「だと思います。実は、さきほど勇人舎の垂石社長から、ちょっとした情報を得られたんですよ」

村瀬は詳しいことを話した。

「被害者の内海が有馬の私邸や四葉重工業の本社近くの防犯カメラに映ってたというんなら、状況証拠で収賄の疑いは濃いな。内海は局には内緒で単独で取材を続行してたんだろう。収賄の立件材料を押さえたら、ただちに有馬に任意同行を求めるよ。本部事件に有馬が関与してる疑いがあるわけだから」

「そうなんですが、おとなしく任意同行に応じるでしょうか。なんだかんだと口実をつけて時間稼ぎをしそうだな。そして、収賄の証拠を握り潰す気なんでしょう」

「有馬は防衛副大臣時代に職務権限に抵触した発言をした。それを別件の引きネタにできそうだな。ただ、いまの段階では内海殺しの首謀者とは極《き》めつけられないがね」

「ええ。贈賄容疑のある兵器産業か、核シェルター建造会社が実行犯を雇ったとも考えられますんで」

「そのうち有馬か、あるいは公設第一秘書の庄司重久がボロを出すかもしれないな。村瀬君、もう少し粘ってみてくれないか」

中尾の声が熄《や》んだ。

村瀬はポリスモードを上着の内ポケットに突っ込み、セブンスターに火を点けた。数十分置きに煙草を吹かしながら、辛抱強く待ちつづける。

議員事務所のある雑居ビルの表玄関から庄司が現われたのは、午後六時二十分ごろだった。連れはいなかった。

有馬の公設第一秘書が急ぎ足で表通りに向かって歩きだした。村瀬は少し間《ま》を取ってから、レンタカーを走らせはじめた。

スーツの上にコートを重ねた庄司は、広い通りでタクシーを拾った。村瀬は、庄司を乗せたタクシーを尾けはじめた。

タクシーは数十分走り、千駄《せんだ》ヶ谷《や》にあるマンション型トランクルームの前で停止した。トランクルームは五階建てだった。

村瀬はカローラを路肩に寄せた。すぐにライトを消す。

タクシーを降りた庄司がトランクルーム専用の駐車場にたたずみ、スマートフォンでどこかに電話をかけた。長くは話し込まなかった。

五、六分経過すると、灰色のエルグランドが庄司の近くに停まった。車内から三十代と思われる二人の男が出てきた。どちらもきちんと背広を着込み、ネクタイを締めていた。

男たちは揉み手で庄司に挨拶をし、エルグランドの車内から木箱を下ろした。

庄司が片方の男に短く何か言い、カードキーと一本の鍵を手渡した。男はトランクルームの表玄関に走り、カードキーでオートロックのドアを開けた。エントランスホールに入り、一台の台車を外に出した。

木箱は二人の男に持ち上げられ、台車に載せられた。だいぶ重そうだ。男たちは台車を押しながら、トランクルームの中に吸い込まれた。

庄司はコートのポケットに両手を突っ込み、小さく足踏みをしている。村瀬はエルグランドのナンバープレートに目をやった。数字を脳裏に叩き込み、ポリスモードでナンバー照会をする。

エルグランドの所有会社は四葉重工業だった。木箱を運んできたのは社員だろう。中身は札束なのではないか。

ヤミ献金を知人に預けたり、愛人宅に隠す政治家は少なくないだろう。公設秘書宅に保管するケースもあるようだ。マンション型トランクルームに汚れた金を隠すのは不用心なようだが、案外、見つかりにくいのかもしれない。盲点なのではないか。

少し経つと、五階建てのトランクルームのエントランスホールから二人の男が現われた。

庄司が男たちに犒《ねぎら》いの言葉をかけた。二人は深く頭を下げ、エルグランドに乗り込んだ。カードキーとトランクルームの鍵は庄司に返されたはずだ。

一瞬、村瀬は庄司に詰め寄って、収賄の立件材料を得る気になった。だが、すぐに思い留《とど》まった。庄司は空とぼけるにちがいない。何かで心理的に追い込む必要がある。

エルグランドが走り去った。

庄司はマンション型トランクルームから四、五十メートル離れ、黒縁の眼鏡をかけた。変装用の眼鏡だとしたら、何か気になる。

庄司が車道に寄り、またタクシーを捕まえた。平河町の事務所に戻るのか。それとも、恵比寿の自宅に帰るつもりなのだろうか。

村瀬はレンタカーで、庄司が拾ったタクシーを追尾しつづけた。タクシーは四谷《よつや》交差点の近くで停まった。

庄司は釣り銭を受け取ると、大通りから脇道に足を踏み入れた。幅六メートルほどの公道だった。両側に飛び飛びに飲食店が並んでいる。

庄司が入ったのは、小粋なイタリアン・レストランだった。

どうやら誰かと待ち合わせているようだ。村瀬は店の少し手前の暗がりにカローラを入れた。ライトを消し、エンジンも切る。

村瀬は、まだ庄司に顔を知られていない。十分ほど過ぎてから、車を降りた。イタリアン・レストランに入り、さりげなく店内を眺める。

テーブル席は五卓しかない。庄司は奥の席で、三十代後半の女性と向かい合っていた。薄茶のファッショングラスをかけているが、顔立ちは悪くない。卓上には魚介料理と白ワインが並んでいる。最も奥のテーブル席だ。

その手前の席は空いていた。村瀬は庄司と背中合わせに坐って、ペンネとカプチーノを頼んだ。セブンスターをくわえたかったが、全席禁煙になっている。

村瀬はメニューを開き、耳をそばだてた。

「結衣さん、ラザニアを追加しようか」

「二人っきりのときは、呼び捨てにしてって何度も言ったでしょ？」

「そうだったね。でも、きみは先生が面倒を見てる女性だから……」

「わたしのほうは火遊びなんかじゃないのよ。わかってるでしょ？」

「わたしだって、きみのことは誰よりも大事に想ってるさ」

「それだったら、奥さんと早く別れて。先生にはよくしてもらったけど、特に恋愛感情があるわけじゃない。少しも未練はないわ」

「もう少し時間をくれないか」

「いつもの堂々巡りね」

二人の間に沈黙が落ちた。

村瀬は表情を変えなかったが、内心の驚きは大きかった。庄司は有馬議員の愛人の五味結衣を寝盗《と》って、こっそり密会を重ねてきたにちがいない。思いがけない形で、公設第一秘書の弱みを知ることができた。捜査が一気に捗《はかど》りそうだ。頬が緩《ゆる》む。

「ごめんなさい。十日ぶりのデートなんだから、愉《たの》しくやらなくちゃね」

「そうだな。ラザニア、どうする？」

「わたしは結構よ。庄司さんはたくさん食べて。後《あと》でエネルギーを消耗《しょうもう》することになるんだから。うふふ」

結衣が艶然《えんぜん》と笑った。庄司はにやけたようだ。二人はイタリアン・レストランを出たら、ホテルかどこかで肌を重ねる気なのだろう。

庄司たちは白ワインを傾けながら、ナイフとフォークを使った。不倫カップルは雑談を交わしはじめた。

村瀬のテーブルにペンネが運ばれてきた。パスタは、すぐに食べ終えた。カプチーノを少しずつ口に含む。

やがて、庄司たちが席を立った。勘定を払い終える前に結衣は先に店を出た。少し後から、庄司も表に出る。

村瀬は急いで支払いを済ませ、カップルを追った。庄司と結衣は腕を絡め合って、数十メートル先を進んでいる。

村瀬は二人の後を尾けた。

数分歩くと、庄司と結衣はシティホテル風の造りの高級ラブホテルの中に消えた。予想通りだった。

村瀬は来た道を引き返し、レンタカーに乗り込んだ。カローラを高級ラブホテルの近くまで移動させ、手早くライトを消す。二、三時間は待たされそうだ。

四十男と熟《う》れた三十代の女性の情事は濃厚で、乱れに乱れそうだ。村瀬は亜季との交わりのシーンを思い出し、淫《みだ》らな気持ちになった。しかし、いまは張り込み中だ。

村瀬はすぐに気を引き締めた。

日付が変わっても、庄司と結衣は高級ラブホテルから姿を見せない。明け方まで肌を貪《むさぼ》り合うつもりなのか。それなら、それで仕方がない。村瀬は、じっくり構えることにした。

不倫カップルが外に出てきたのは、午前一時五十分ごろだった。

村瀬はレンタカーを降り、庄司と結衣の前に立ち塞《ふさ》がった。

「たっぷりお二人で娯《たの》しんだようですね。だいぶ待たされましたよ」

「きみは誰なんだっ」

庄司が気色《けしき》ばんだ。結衣は怯《おび》えて、半歩後《あと》ずさった。

「別に怪しい者じゃありません。警視庁の刑事です」

「嘘つくんじゃないっ」

「本当なんですよ」

村瀬は懐から警察手帳を摑み出し、街灯に翳《かざ》した。

「われわれ二人が何をしたって言うんだ。わたしは、国会議員の公設第一秘書をやってるんだぞ」

「わかってます。あなたが庄司重久さんで、隣の方は五味結衣さんでしょ。五味さんが元CAで、有馬議員の世話になってることも知ってます」

「ど、どうしよう⁉」

結衣が取り乱し、庄司に取り縋《すが》った。

「あなたがパトロンの目を盗んで庄司さんと男女の仲になったことは、議員には黙っててやりましょう。その代わり、捜査に協力していただきたいんですよ」

「本当に庄司さんとのことは、先生に内緒にしてもらえるんですね？」

「ええ、約束します」

「それなら、協力してもいいわ」

「よろしく！」

村瀬は庄司たち二人をカローラに導き、結衣、庄司の順に後部座席に坐らせた。上着の右ポケットに入っているＩＣレコーダーの録音スイッチを入れてから、庄司のかたわらに乗り込む。

「狭いですが、我慢してください。有馬議員は四葉重工業、新星工機、三晃工業、立花エンタープライズからヤミ献金を受け取ってますよね？」

「うちの先生はそんなことはしてない」

庄司が言い返した。

「こっちはヤミ献金の受け渡しを見てるんですよ。あなたはマンション型トランクルームの前で待ってて、四葉重工業名義のエルグランドから下ろされた木箱を二人の社員に指定のトランクルームに運び入れさせた。中身は現金なんでしょ？」

「…………」

「シラを切る気なら、あなたたちがデキてることを有馬議員に教えることになりますよ」

「そんなことはやめてくれーっ」

「庄司さん、有馬議員は兵器メーカー三社と核シェルター建造会社からヤミ献金を貰ってるんですよね。違いますか？」

「木箱の中身は書類だと先生から聞いただけで……」

「庄司さん、もう観念しましょうよ。捜査に協力しなかったら、わたしたち二人は殺されることになるかもしれないのよ」

結衣が口を挟んだ。

「いくらなんでも、そこまではやらないさ」

「パパは嫉妬深いから、どっちも始末されるに決まってるわ」

「そんなに先生は冷酷かな」

庄司が低く呟いた。

「刑事さんが言った通りです。有馬のパパはだいぶ前から兵器メーカーと核シェルター建造会社から数回ずつ五百万円から二千万円のヤミ献金を貰ってたの。自衛隊を〝軍隊〟に必ず格上げさせ、各社の年商をアップさせてやるからとか言って……」

「ヤミ献金をせしめてたんだね？」

「そうです」

「去年の十二月に日東テレビ報道局社会部の取材チームのリーダーだった内海という記者

が殺害されたんだが、その彼は有馬議員の収賄の証拠を摑もうとしてた。有馬議員が誰かに殺《や》らせたんじゃないのかな」

「それについては、わたし、知りません。あなたはどうなの？」

結衣が庄司の横顔をうかがった。

「わたしも何も知らないよ。先生は欲深だが、人殺しにはタッチしてないと思うな。兵器産業のどこかか、立花エンタープライズの社長が殺し屋を雇ったのかもしれない。いや、そんなことはしないだろう」

「庄司さん、本当に知らないの？」

「ああ、そこまでは知らないんだ。本当だって」

「後《あと》は、こっちで調べます」

村瀬はICレコーダーの停止ボタンを押し、リア・ドアを大きく開けて先に降りた。庄司と結衣はカローラから出て、手を取り合って駆けはじめた。

村瀬はレンタカーに乗り込んで、運転席に腰を沈めた。

4

同じ日の午後二時過ぎである。

村瀬は、本庁舎の四階にある捜査二課の取調室1に接した面通し室にいた。警察関係者に〝覗き部屋〟と呼ばれている小部屋だ。村瀬の横には、捜査一課長の中尾が立っていた。

マジックミラーの向こうの取調室にいる庄司重久は肩を落とし、うなだれている。

スチールデスクを挟んで向かい合っているのは、捜査二課知能犯係の岩下《いわした》護《まもる》係長だ。四十一歳の警部だった。

岩下の斜め後ろで、供述調書を打ち込もうとしているのは西川《にしかわ》勝《まさる》警部補である。岩下の部下で、三十七歳だったか。

村瀬は午前九時前に中尾課長を訪ね、四谷の高級ラブホテルの近くで録音した音声を聴かせた。

中尾は捜査二課の岩下知能犯係長にICレコーダーを渡し、協力を求めたのだ。知能犯係員たちは有馬の事務所に急行し、庄司に任意同行を求めた。

庄司は素直に応じ、捜査二課の会議室で事情聴取を受けた。まだ逮捕状を裁判所に請求しているわけではない。そんなことで、庄司は有馬議員の収賄に関することを会議室で問われたのだ。

庄司は曖昧《あいまい》な返答を繰り返していたが、担当捜査員がICレコーダーの音声を聴かせたとたん、協力的になった。有馬の代わりに、兵器産業三社と核シェルター建造会社からヤミ献金を受け取って千駄ヶ谷のマンション型トランクルームに保管していることを認めた。

捜査二課はただちに収賄幇助《ほうじょ》容疑で逮捕状を取り、庄司を本格的に取り調べることになったのだ。

取調室の遣り取りは一応、面通し室には漏れない造りにはなっている。だが、仕切り壁はコンクリートではない。耳を押し当てれば、音声は耳に届く。

「不作法ですが……」

村瀬は中尾に断って、マジックミラーに片方の耳を密着させた。

「確認しておきたいんだが、有馬議員が四葉重工業、新星工機、三晃工業、立花エンタープライズからヤミ献金を受け取るようになったのは、去年の春先ごろからだったね？」

岩下が訊く。

「ええ、そうです。正確な日時なんかは日報に暗号でメモしておきましたんで、事務所の捜索のときに……」

「総額でどのくらいになるのかな？」

「十億以上ということはないと思います」

「政治活動費に遣《つか》われたのは四、五千万程度で、ほかは飲食代や愛人手当なんかに充《あ》てられてたんじゃないの？」

「二億ぐらいは金融商品の購入に遣ったと思いますが、使途《しと》についてはよくわかりません。わたしは先生の指示に従って、トランクルームから札束を運び出してただけですから」

　庄司の声はか細く、聞き取りにくかった。

「おたくの先生はそう遠くない日に自衛隊を〝軍隊〟と法的に認められるようにするからと人参《にんじん》をぶら提《さ》げてヤミ献金をせっせと集めてたようだが、総理や全閣僚に強く働きかけてたのかな？」

「は、はい。先生は、日本も核兵器を持つべきだと熱心に説いてましたが、実現させられる自信はなかったんだと思います」

「単なる願望だった？」

「ええ、多分。国民の大半は核に対してのアレルギーもありますし、核兵器を持つことは危険だと考えているでしょう。ですんで、抑止力になるとはわかっていても……」

「賛同はしないだろうな」

「ええ、そう思います」

「話は飛ぶが、おたくは大胆だね。有馬議員の愛人の五味結衣って元CAに手を出したんだからさ」

「わたし、彼女に誘惑されたんですよ。こちらから口説いたわけではありません」

「色仕掛けに負けちゃったんだ？」

「ま、そういうことになるんでしょうね」

「元CAと他人じゃなくなったのは、いつごろなの？」

「およそ二年前です」

「それからは定期的に密会してたんでしょ？」

「ええ、月に二、三回」

「会うたびにナニしてたんだろうな。愛人宅で寝たこともあるの？」

「そこまで図々しいことはできませんよ。先生がスペアキーを使って、いつ結衣さんの部屋に入ってくるかもしれないんですから」

「相手はパトロンと別れて、おたくと一緒になりたいみたいだな。だけど、おたくのほうは遊びと思ってた。そうなんでしょ？」

「ただの浮気じゃなかったんですが、家庭を棄《す》てるまでは……」

「のめり込んではなかった？」

岩下が庄司の顔を覗き込んだ。

「そうですね。惚れてはいたんですけど、政治家の愛人になった女性は尻《しり》が軽いと思うと、彼女とやり直す気になれなかったんですよ」

「実際、尻軽なんじゃないのかな。パトロンがいるのに、公設第一秘書のおたくに色目を使ったわけだから」

「彼女は情熱的な女性なんですよ。それに先生とは恋情で繋《つな》がってたわけじゃないんで、淋《さび》しかったんでしょう」

「そうなのかもしれないな。五味結衣がヤミ献金の代理受領をしてたとは考えられない？」

「ええ、それはね。有馬先生はいろんな女性と浮名《うきな》を流してきましたが、長いつき合いの男性しか信用してないんですよ」

「そうなのか」

「あのう、結衣さんとの関係を先生には黙っててもらえますよね？　捜査一課の村瀬という刑事さんは、わたしと結衣さんが親密な仲だということを内緒にしてくれると言ってたんですが……」

「おたくは有馬征夫の収賄事実を認めたんだから、もう先生にはどう思われてもいいでしょ？　有馬議員には任意同行を求めて、ヤミ献金のことを追及することになる。任意同行を拒んだら、逮捕状を裁判所に請求することになるね。兵器産業三社と核シェルター建造会社が贈賄の事実を認めれば、有馬議員は起訴されるでしょう」

「わたしはどうなるんです？」

「ヤミ献金の代理受領をしたんですから、無罪放免とはいかないな。しかし、立場上、収賄に協力せざるを得なかったんでしょう」

「ええ、その通りです。わたしはヤミ献金の一部を貰ったわけじゃないんです。ただ、先生の指示に従っただけなんですよ」

庄司が懸命に言い訳した。

「それだから、おたくは不起訴処分になるだろうね。ただし、もう有馬議員の事務所で働くことはできないでしょう。別の国会議員の秘書になることも難しそうだな」

「先生の秘密をバラしてしまったんだから、わたしはお払い箱になっても仕方ありません。ですが、結衣さんとのことは先生に知られたくないんですよ」

「元ＣＡを庇《かば》ってあげたいわけか」

「そうではなく、妻に浮気のことを知られたくないんです。結衣さんがわたしとの仲を自分から他人《ひと》に喋るはずないと思うんですよ。でも、家庭は失いたくないんです。妻子に軽蔑されたくないんですよ。ですから、どうか……」

「おたくの不倫のことは有馬議員には黙ってましょう」

「ありがとうございます」

「その代わりってわけじゃないんだが、会議室で質問したことに正直に答えてもらいたいな。有馬議員は日東テレビ報道局社会部の内海記者の事件に絡んでないの？　捜査一課の情報によると、内海記者は有馬議員の収賄の証拠を押さえようと単独で取材をしてたらしいんだ」

「局の取材チームの記者たちが平河町の事務所や四葉重工業など兵器メーカーにある時期、張りついてたことは知ってます。ですが、そのうち記者たちの影は消えたんですよ」

「有馬議員が日東テレビの会長に圧力をかけたんじゃないの？　新宿署に設置された捜査本部は、そう筋を読んでるようだな」

「先生は各界の有力者と交流がありますが、日東テレビに圧力をかけたことはないと思いますよ」

「その言葉をすんなりとは受け入れられないな。日東テレビ報道局社会部は、アンタッチャブルな領域に斬り込んで、特集企画を週に一度、放映してる」

「ええ、知ってます」

「有馬議員が兵器産業や核シェルター建造会社から多額のヤミ献金を貰ってたことを日東テレビに暴露されたら、先生の政治家生命は終わるだろう」

「そうでしょうね」

「おたくの先生は、それを恐れたんだろう。だから、日東テレビの会長に圧力をかけて取材を中止させたんじゃないのかっ。それでも、去年の十二月に殺害された内海記者は密かに単独で取材を重ねてた」

「そうなのかもしれませんが……」

「おたく、まだ有馬征夫を庇う気なの？」

岩下が呆《あき》れ顔で言った。記録係の西川警部補が上体を捻《ひね》って、肩を竦《すく》めた。

「別に先生を庇ってるわけではないんです」

「そう見えるんだよな。有馬議員は収賄の事実を報道されると困るんで、誰かに内海記者を殺《や》らせたんじゃないの？　贈賄側の核シェルター建造会社の立花って社長は、かつて武闘派やくざだったらしいね」

「そう聞いてますが、いまは紳士的な方ですよ」

「仮面を被ってるんじゃないのかな。元暴力団組員なら、足のつきにくい実行犯を見つけることはできるだろう。有馬議員は立花社長に実行犯を見つけてもらって、内海記者を始末させたんじゃないの？」

「先生はマスコミの恐さを知ってます。テレビ局の記者をそんな形で片づけても、いつかバレると思ってるはずですよ」

「捜査本部の調べで、『ニュースエッジ』の取材チームがヤミ献金の取材を打ち切ったのは確かなことなんだよな。外部からの圧力に屈したことは間違いないだろう」

「くどいようですが、先生は日東テレビに圧力なんかかけてないと思います」

「記者殺しについては、身柄を押さえてから捜査一課の者が有馬議員を詰問することになるだろう。捜二《うち》は議員が任意同行に応じなかったら、すぐに逮捕状を請求する。贈賄側の関係者からも事情聴取をして、後《のち》に手錠を打つことになるだろう」

「結衣さんからも捜査二課の方が改めて事情聴取するんですか？」

　庄司が質問した。

「そうすることになるね」

「彼女がわたしとのことを洗いざらい喋っても、妻には何も教えないでください。有馬先生にわたしの背徳行為を詰《なじ》られても、妻には絶対に浮気のことを知られたくないんですよ」

「警察官も野暮なことばかりしてるわけじゃない。余計なことは言いません。その点は安心してもいいですよ」

岩下が微苦笑した。庄司が、ほっとした表情になった。

村瀬はマジックミラーから離れた。

「取り調べの内容を手短にお教えします」

「その必要はないよ。村瀬君にはずっと黙ってたが、わたしは少しばかり読唇術《どくしんじゅつ》を心得てるんだ。口の動きや顔つきで、会話に察しがつくんだよ」

「そうだったんですか」

「庄司の表情を注意深く観察してたんだが、嘘をついてるとは感じなかったね。有馬は本当に日東テレビの会長に圧力なんかかけてないのではないだろうか」

「いや、有馬は秘書たちには気づかれないようにして、日東テレビに圧力をかけたんじゃないですか。会長の指示で局上層部がヤミ献金の取材を打ち切らせたことは、ほぼ間違いないでしょう。内海記者が密かに単独取材をしてたと『真相スクープ』の発行人の垂石さんが明言してましたからね」

「それで、有馬は誰かに内海を始末させたのか。もし有馬がシロなら、四葉重工業あたりが権力者の誰かに日東テレビに圧力をかけてもらったのかもしれないな。で、こっそりヤミ献金の背景を嗅ぎ回ってた内海記者を殺し屋《プロ》に始末させたんだろうか」

「四葉重工業だけじゃなく、新星工機、三晃工業、立花エンタープライズも怪しいことは怪しいでしょう？」

「そうだね」

中尾課長が口を閉じた。

二人は面通し室から出た。ちょうどそのとき、岩下警部が取調室1から現われた。

「二課の協力に感謝する」

中尾が岩下に言って、軽く頭を下げた。

「知能犯係《うち》こそ汚職事案を捜一《そういち》さんから回してもらって、ありがたく思ってます」

「公設第一秘書は観念して、収賄に関しては知ってることを話したようだね」

「大きな嘘はついてないでしょう。有馬が任意同行に応じなくても、ヤミ献金を受け取った庄司の証言、日報、トランクルームに保管されてる現金と揃ってるわけですから、収賄容疑で検挙《アゲ》ることはできるでしょう」

「内海記者の事件《ヤマ》については有馬が関与してるだろうと筋を読んでたんですが、シロなのかもしれません。贈賄側の兵器産業か核シェルター建造会社が目障りな記者を誰かに葬らせたんでしょうか」

岩下が遠慮がちに言った。

「だろうね」

「そのあたりは捜一の受け持ちだから、さらに調べ直してみるよ」

「そうですか。収賄の取り調べが終わったら、有馬を新宿署の捜査本部に移送します」

「面倒だろうが、そうしてもらいたいんだ。課長によろしく伝えてくれないか。ずっと年下の警察官僚《キャリア》はどうも苦手でね」

「自分らノンキャリア組も同じですよ。ですが、昔から捜二の課長にはキャリアが就任することになってますでしょ？」

「そうだね。謙虚な有資格者《キャリア》もいるが……」

「若いくせに、態度のでかい上司もいますからね」

「ここだけの話にしておこう。お疲れさん！」

中尾課長が岩下の肩を軽く叩いて、出入口に向かった。村瀬は倣《なら》った。

二人はエレベーター乗り場に歩《ほ》を運んだ。

「兵器産業と立花エンタープライズを少し揺さぶってみますよ」

「まともな聞き込みじゃ、ボロは出さないだろう。村瀬君、反則技を使う気だな」

「ええ、まあ。しかし、うまくやりますよ。いまのは独り言です。課長は聞かなかったことにしてください」

「きみが人事一課監察に目をつけられたとしても、わたしは逃げたりしないよ。自分の力で庇いきれなくなったら、刑事部長に助《ス》けてもらう」

「心強いですね、いまのお言葉」

「少々の違法捜査には目をつぶるよ。きょうはレンタカーじゃないんだね？」

中尾が訊いた。

村瀬はうなずき、エレベーターの下降ボタンを押し込んだ。

第四章　敗者復活の背景

1

ようやく公衆電話を探し当てた。

千代田区三番町《さんばんちょう》の外れだった。村瀬は、専用捜査車輛をガードレールに寄せた。捜査資料のファイルを抱えて、運転席を離れる。

通行人は少なかった。村瀬はテレフォンボックスの中に入った。外気よりも幾分、温度は高かった。

有馬議員主催のゴルフコンペの常連参加者リストの中に四葉重工業の生島尚樹《いくしまなおき》副社長、新星工機の北沢英明《きたざわひであき》専務、三晃工業の野辺研三《のべけんぞう》常務、立花エンタープライズの立花伸介社長の名が記載されていた。

村瀬は受話器の送話孔《そうわこう》に四つ折りにしたハンカチを被せてから、丸の内にある四葉重工業本社の代表番号をプッシュした。

スリーコールで、オペレーターが電話口に出た。相手は若い女性のようだった。

「『経済通信《けいざいつうしん》』編集部の鈴木《すずき》と申します。生島副社長に電話取材をさせていただきたいんですが……」

村瀬は、でまかせを澱《よど》みなく喋った。オペレーターが回線を副社長室に回す。待つほどもなく、男の低い声が流れてきた。

「生島だが、電話取材には応じられないな。スケジュールが詰まってるんで、失礼するよ」

「有馬議員の公設第一秘書の庄司が警視庁捜査二課に任意同行を求められ、あなたの会社が複数回にわたって、元防衛副大臣にヤミ献金してることを証言した」

「当社は政治家と不適切な関係じゃない。因縁をつける気なら、一一〇番通報するぞ」

「そうしたら、そちらが困ることになるだろう。ヤミ献金はいったん千駄ヶ谷のマンション型トランクルームに保管されてる。こっちは、おたくの社員二人がエルグランドで木箱に入った現金を届けたとこをスマホで動画撮影してるんだ」

「きさまは、経済マフィアかブラックジャーナリストだなっ」

「外れだ。おれは逃がし屋さ」

「逃がし屋だって⁉」

「そう。犯罪者たちを国内外に逃亡させて、成功報酬を貰ってるんだよ。あんたが有馬主催のゴルフコンペによく参加してる証拠も押さえてある」

村瀬は、ブラフをかませた。

生島の狼狽《ろうばい》が電話の向こうから伝わってきた。何か言いさして、口を結んだ。

「もたもたしてたら、あんたは贈賄容疑で検挙されることになるぞ。警視庁だけでなく、東京地検特捜部も有馬の汚職捜査をしてるはずだ。あんたがどっちかに逮捕《パク》られるのは時間の問題だな。会社が副社長と心中するとは思えない。あんたに贈賄の罪を負わせて、頬被りするだろうね」

「国内のどこかに潜伏しても、いつか見つかってしまうだろう。国外逃亡を手助けしてもらえるのかね？」

「中国大陸、東南アジア諸国、オーストラリア、ヨーロッパ各地に逃亡ルートはあるよ」

「報酬はいくらなんだ？」

「近い国なら、五百万から八百万だな。遠い国に潜伏したければ、一千万から二千万は必要だ」

「潜伏するなら、ドイツがいいな。ルートはつけられるのか？」

「ああ」

「千五百万ぐらいの謝礼は払うよ」

「贈賄容疑だけなら、その額で請け負える。だが、あんたには殺人教唆の疑いもあるからな」

　村瀬は鎌をかけた。

「殺人教唆の疑いだって⁉　わたしがどこの誰を始末させたと言うんだっ。ばかなことを言うな！」

「去年の十二月中旬に殺された日東テレビ報道局社会部の内海記者は有馬の汚職事案をしつこく調べ回ってた。四葉重工業が有馬にヤミ献金をしてたことが報道されたら、兵器メーカーの最大手も相当なダメージを負うことになるだろう。あんたが第三者に内海を片づけさせたとも疑えるよな。代理殺人を依頼してたら、海外逃亡の報酬は四千万だ」

「その記者が身辺を嗅ぎ回ってたことは知ってたが、誰かに口を封じさせた覚えはないっ」

「超大物に頼み込んで、日東テレビの会長に圧力をかけて取材を中止させたんじゃないのか。どうなんだ？」

「そんなこともしてない」

「なら、有馬が日東テレビの会長に圧力をかけたんだろう」

「有馬先生も日東テレビの記者たちをうっとうしがっていたが、局に圧力はかけてないはずだ。そんなことをやったら、マスコミが団結しかねないからな。先生も殺人事件には絡んでないだろう」

「有馬がシロだとしたら、新星工機、三晃工業、立花エンタープライズの三社が臭いな。おれは、三社の贈賄の証拠を押さえてる。内海記者を葬らせたのはどの会社なんだい？」

「わたしは、そんなことまで知らんよ。ゴルフコンペで、北沢、野辺、立花の三氏とプレイしたことはあるが、個人的なつき合いはなかったんだ。そんなことより、本当に国外逃亡の手助けをしてもらえるのか？」

生島が確かめた。

「成功報酬は五千万円だな」

「人の弱みにつけ込んで、汚ない奴だっ」

「不満なら、断ってもいいんだぜ」

「いや、お願いするよ。金はすぐにも用意できるんだが、家族とはもう会えなくなるかもしれない。五日、せめて三日ほど時間が欲しいな」

「そんな悠長《ゆうちょう》なことは言ってられないだろうが。逃亡の準備中にあんたが捕まったら、おれは只働《ただばたら》きをさせられることになる。こっちから、お断りだ」

村瀬は受話器をフックに掛けた。生島は、捜査本部事件ではシロだという心証を得た。

村瀬は同じ要領で、新星工機の北沢専務と三晃工業の野辺常務に探りを入れた。受け答えで、どちらも有馬にヤミ献金をしたことは確認できた。だが、内海殺しに絡んでいる気配はうかがえなかった。

村瀬は最後に核シェルター建造会社に電話をした。少し待たされたが、電話口に立花が出た。

「てめえ、何者なんでえ？　週刊誌の記者なんかじゃねえんだろうが！」

「足を洗って社長業に専念してても、元ヤー公はつい地が出ちゃうんだろうな。お察しのように、おれはブラックジャーナリストだ」

「やっぱり、そうだったか。昔はともかく、いまは真っ当なビジネスをしてるんだ。なんの弱みもねえよ」

「善人面《ぜんにんづら》するなって。こっちは、あんたが国会議員の有馬征夫とずぶずぶの関係だということは知ってるんだ」

「有馬先生は存じ上げてるが、法律に触れるようなことはしちゃいねえ」

「そうかな。あんたは、有馬が本気で日本の核武装化を実現させようと力を尽くしてると信じてるようだな。そうなれば、核シェルターの受注量がぐーんと増えると期待したんだろう。それで、有馬にヤミ献金を与えつづけてきたんだろうが？」

「おれは先生にヤミ献金なんかしてないぞ、一度も」

「空とぼけても、無意味だ。こっちはヤミ献金の受け渡し場面を動画撮影してるんだよ」

「フカシこくんじゃねえ」

「はったりだと思ってるんだったら、マスコミのどこかに動画のメモリーを渡してもいいな。それで、あんたは身の破滅だ。有馬の公設第一秘書の庄司とあんたの姿がばっちりと映ってる。盗み撮りしたのは、千駄ヶ谷のマンション型トランクルームの近くだよ。心当たりがあるだろうが？」

「………」

「心当たりがあるんで、とっさに言葉が出なかったわけだ」

村瀬は薄く笑った。

「てめえの狙いは金なんだなっ」

「そうだが、百万やそこらじゃ、メモリーは渡せない」

「いくら欲しいんだ？　はっきり言いやがれっ」

「一千万でどうだ？」

「くそっ、足許を見やがって。五百万で手を打ってくれねえか」

「金を出し惜しみする気なら、商談は打ち切りだ」

「わかった、わかったよ。一千万円くれてやる」

「すぐに会えるか？」

「夕方までオフィスを離れることができねえんだ。客が二人ほど来る予定なんでな。おれの会社は品川区西五反田《にしごたんだ》三丁目にあるんだが、こっちに来てもらえるんだったら、メモリーと引き換えに現金《ゲンナマ》を渡すよ」

「会社の所在地は調べ済みだ」

「そうかい。いま、どこにいるんだい？」

「都心にいる」

「なら、三、四十分で会社に来られるんじゃねえか。こっちに来てくれや」

立花が言った。何か企《たくら》んでいるのではないか。

村瀬は罠の気配を感じ取ったが、たじろぐことはなかった。立花は、脅迫者を演じた自分の口を塞《ふさ》ごうと考えているのかもしれない。勘が正しかったら、元やくざは贈賄の証拠を手に入れたいだけではないのだろう。日東テレビの内海の死に絡んでいるとも考えられる。

「いいだろう。これから、あんたの会社に向かうよ」

「待ってらあ」

立花が通話を切り上げた。

村瀬は受話器をフックに戻し、ハンカチを上着の右ポケットに仕舞《しま》った。テレフォンボックスから出て、スカイラインの運転席に腰を沈める。

エンジンを始動させたとき、懐で私物のスマートフォンが振動した。朝からマナーモードにしてあったのだ。電話をかけてきたのは、交際している亜季だった。

「あなたの予想通りになったわ。『明誠エステート』は、柳小路一帯の地上げを諦めたらしいの。『浜千鳥』の大将が営業部長を刺すことになったんで、会社は地上げは難しいと判断したんじゃない？」

「『明誠エステート』の社員がそう言ってるのか？」

「そうじゃないの。坪倉さんの店の常連の不動産会社社長が小耳に挟んだ情報なんだって。多分、本当なんだと思う」

「そうだろうな。亜季、よかったじゃないか」

「ええ。不安が萎《しぼ》んだせいか、とてもあなたに会いたい気持ちなの。でも、まだ仕事は一段落してないんでしょ？」

「そうなんだが、おれも気持ちは同じだよ。かなり遅くなるかもしれないが、必ず連絡する」

「あんまり無理はさせたくないけど、わたし、待ってます」

「深夜になっても、会いに行くから」

村瀬は電話を切ると、車を走らせはじめた。

目的地に着いたのは三十数分後だった。村瀬はスカイラインを路上に駐め、立花エンタープライズの社屋を訪ねた。五階建てのビルだった。

表玄関の前で、立花社長が待ち受けていた。ビニールの手提《さ》げ袋を持っている。下の方が膨《ふく》らんでいた。中身は札束だろう。

「電話をしてきたのは、そっちだなっ？」

「そうだ。なぜ、オフィスの中で待ってなかったんだい？」

村瀬は素朴な疑問を口にした。

「招かざる客が来たことを社員たちに知られたくないんだよ。有馬先生に差し上げた金は、おれの独断で内部留保から捻出《ねんしゅつ》したんでな。この手提げ袋に入ってる一千万もそうなんだ。こっちが代表取締役なんだが、会社を私物化してると社員たちに思われたくないんだよ」

「そういうことか」

「そこに展示用の核シェルターがあるから、その中でメモリーと一千万円を交換しようじゃねえか」

立花が右手の展示場を指差した。

村瀬は何か悪い予感を覚えたが、別に拒絶しなかった。丸腰ではない。立花が牙を剝《む》いたとしても、身が竦《すく》んだりしないだろう。

立花が展示用の核シェルターに近づき、ハッチを開けた。同時に、照明が灯《とも》った。

「割に快適だぜ」

立花がにっと笑い、白い鉄製の梯子段《はしごだん》を下りた。村瀬は後につづいた。

シェルターは十畳ほどの広さで、両側に埋め込み式のベッドが収容されていた。調理台があり、ダイニングテーブルと四脚の椅子が置かれている。隅には、トイレとシャワーのユニットが嵌まっていた。

「発電機を備《そな》え、一カ月分の食料がストックしてあるんだ。このタイプのシェルターは七百五十万円なんだが、三千万の立派な商品もあるよ」

立花が自慢した。

　そのすぐ後《あと》、ハッチが外側からロックされた。立花が手提げ袋を足許に置いて、嘲笑を浮かべた。

「おれを核シェルターに閉じ込めて、痛めつけようって筋書きか」

「カッコつけてる場合じゃねえだろうがよ」

「簡単にはのされないぞ」

　村瀬はファイティングポーズをとった。

　立花が踏み込んできて、右のロングフックを放った。村瀬は横に跳《と》び、パンチを躱《かわ》した。いきり立った立花が、今度は左のストレートを繰り出す。

　村瀬はステップバックし、すぐに前に出た。立花の右の太腿《ふともも》の内側を蹴った。意外に知られていないが、そこは急所だ。

　立花の腰が砕《くだ》け、尻《しり》から床に落ちた。村瀬は冷笑した。

「てめーっ！」

　立花が吼《ほ》えて、勢いよく立ち上がった。腰の革ベルトを引き抜き、斜め上段に振り上げた。ベルトは垂れる形になった。

「まだ懲《こ》りないのか。もう若くないのに、虚勢は崩したくないようだな」

「なめやがって！　半殺しにしてやるっ」

「できるかな」

村瀬は挑発した。

立花が怒声を張り上げながら、ベルトを振り回しはじめた。村瀬はダンスステップを踏むように軽やかに動いた。ベルトが空《くう》を切る。

「この野郎！」

立花はベルトを床に叩きつけると、サバイバルナイフを上着の内ポケットから摑み出した。刃渡りは十七、八センチもあった。

侮《あなど》れない。立花がサバイバルナイフを閃《ひらめ》かせはじめた。刃風《はかぜ》は重かった。まともに切りつけられたら、多量の血を流すことになるだろう。

村瀬は腰から伸縮式警棒を引き抜き、すぐにボタンを押した。隠れていた二段の警棒が伸び切った。

「そんな物を持ってやがったのか」

立花が言うなり、サバイバルナイフを振り下ろした。白っぽい光が揺曳《ようえい》する。

村瀬は警棒を水平に薙《な》いだ。

金属音が響いた。サバイバルナイフは宙《ちゅう》を泳ぎ、壁面に当たって床に落下した。

「贈賄罪に銃刀法違反が加わるな。おれは警視庁の刑事《デカ》なんだよ」

「嘘だろ⁉」

「刑事には見えないか」

「ブラックジャーナリストが刑事と騙《かた》ってるんだろうがよ」

立花が言った。村瀬は警棒を縮め、警察手帳を見せた。

「おれの顔写真が貼付されてたよな？」

「ああ。捜査二課知能犯係の刑事だったのか。おれもヤキが回ったもんだな」

「手帳をよく見なかったな。こっちは捜査一課の者だ。日東テレビ報道局社会部記者だった内海の事件の捜査をしてるんだよ。内海のことは知ってるなっ」

「有馬先生の収賄の証拠集めをしてた男だろう？」

「日東テレビの会長に圧力をかけたのは誰なんだっ」

「知らねえよ。日東テレビの記者たちの影が急に見えなくなったんで、不思議に思ってたんだ」

「内海記者は取材中止の指示が出ても、汚職の立件材料を集めてたようなんだ。だから、あんたが昔の弟分か誰かに内海を殺《や》らせたんじゃないのかっ」

「その事件にゃ、おれはタッチしてねえ。本当に本当だ」

「そうなのか。とりあえず贈賄の容疑で、捜査二課知能犯係の人間を呼ぶ」

「一千万のお目こぼし料を払うから、なんとか見逃してくれねえか。頼むよ」

立花が哀願した。

村瀬は立花を怒鳴《どな》りつけて、椅子に坐らせた。ポリスモードを取り出し、中尾課長に経過を報告する。

「捜二の知能犯係の者にすぐ立花の会社に行ってもらうよ」

「お願いします」

「有馬は庄司が全面自供したことを知ると、おとなしく任意同行に応じて収賄の事実を認めたらしい。それから、日東テレビの会長に圧力をかけたことも吐いたそうだ。しかし、内海記者は密かに取材を続行してた。有馬の身柄は新宿署の捜査本部に移されて、内海の事件について事情聴取されたんだが……」

「殺人事件には一切、関わってないと言ったんですね?」

「そう」

「有馬は内海殺しには関与してないんですかね」

「管理官の大林君が日東テレビの丸岡報道局長に電話をして、汚職絡みの取材を中止させた理由を粘って聞き出してくれたんだよ」

「どういう理由から……」

「有馬議員の代理人と称する人物が日東テレビの報道局に電話をしてきて、収賄の証拠集めをやめなければ、局を爆破すると脅迫してきたらしいんだ」

「それは威嚇《いかく》だったんでしょう?」

「いや、実際に局内のトイレにタイマー付きの時限爆破装置がセットされてたそうなんだ。念のために局内を点検したんで、大事には至らなかったという話だったがね」

「なぜ警察に通報しなかったんでしょう?」

「それが謎なんだよ。日東テレビは、何か警察に知られたくないことでもあったんだろうか」

「そうなのかもしれません。それはともかく、そんなことがあったんで、汚職の取材は中止せざるを得なかったんでしょうね」

「そうなんだろう。誰かが有馬に罪をなすりつけようと画策したんじゃないのかね」

「課長、内海はその謎の人物を自分で割り出そうとしてたのかもしれませんよ。それで、命を奪われることに……」

「そう考えてもよさそうだね。村瀬君は、そこで待機しててくれないか。すぐ手配するよ」

「了解です」

し込んだ。

村瀬は思いがけない展開になったことに驚きながら、ポリスモードの通話終了キーを押

2

信号が青になった。

村瀬はスカイラインを左折させ、三宿通りを進んだ。立花の身柄を捜査二課の刑事たちに引き渡したのは二十五分ほど前だった。

村瀬は内海記者の妻にふたたび会って、新たな手がかりを引き出したいと考えていた。先日の聞き込みで、内海奈々緒はまだ何かを隠している様子だった。

村瀬は、そのことが気になっていた。中尾課長の話によると、日東テレビの丸岡報道局長に汚職疑惑の取材中止を強《し》いたのは有馬議員の代理人と名乗った男だったらしい。

正体不明の人物は日東テレビ局内にタイマー付きの時限爆破装置まで仕掛けたという。

社会部の取材チームは、謎の脅迫者捜しをしていたのではないか。そのことを警察関係者に秘密にしていたのは、局の建物が爆破されることを恐れたからだろう。記者たちが派手に動くと、脅迫者に覚《さと》られやすい。

そこで、丸岡報道局長は曽我社会部長と相談して、リーダーの内海健斗に密行取材をさせていたのではないか。

そうだとしたら、有馬は内海の事件に関わっていそうだ。村瀬はそこまで推測したが、素朴な疑問を覚えた。有馬議員は日東テレビの会長に圧力をかけたことを自白した。わざわざテレビ局に時限爆破装置まで仕掛ける必要があるだろうか。誰かが有馬に嫌疑がかかるよう細工したのかもしれない。ミスリード臭いが、ただ、そう断定するだけの根拠はなかった。

村瀬は日東テレビに行き、丸岡報道局長に探りを入れてみる気になった。ただ、丸岡が聞き込みに協力してくれる可能性は低いだろう。

捜査本部が脅迫者捜しに乗り出したら、日東テレビは爆破されかねない。それで、報道局長か社会部長が奈々緒に正体不明の脅迫者のことは誰にも喋らないでほしいと頼んだのではないか。

日東テレビを訪ね、強く捜査に協力を求めても丸岡報道局長は重い口を開いてはくれないにちがいない。村瀬はそう判断し、また被害者の妻に会ってみることにしたのだ。

道なりに進むと、妻が被害者と暮らしていた南欧風のマンションが見えてきた。

村瀬は専用捜査車輛を反対側の路肩の際《きわ》に駐め、通りを渡った。目的の分譲マンションに足を向けると、前方からショッピングカートを引いた内海奈々緒が歩いてきた。

「買物に出かけられるようですね」

村瀬は会釈《えしゃく》し、奈々緒に歩み寄った。内海の妻が立ち止まる。

「近くのスーパーに行くとこだったんです。わたしが知ってることは、もう刑事さんに……」

「汚職疑惑でマークされてた有馬議員は、ご主人の事件には関与してなかったようです。有馬が捜査本部事件に深く関わってるように見せかけるための小細工を弄《ろう》した奴がいたかもしれないんですよ」

「えっ、そうなんですか」

「あなたは、日東テレビに有馬の代理人と称する人物が時限爆破装置を仕掛けたことを丸岡報道局長か曽我社会部長から聞いてたにもかかわらず、故意に黙ってたんじゃありませんか？」

村瀬は単刀直入に訊いた。奈々緒が目を泳がせる。明らかにうろたえていた。

「そうだったんですね？」

「は、はい。黙っていて、ごめんなさい。正体不明の脅迫者のことを口外したら、日東テレビは爆破されるかもしれないと丸岡報道局長に何度も言われたので、わたし、口にできなかったんですよ」

「やはり、そうでしたか。日東テレビは有馬の汚職疑惑の裏付けが取れたら、『ニュースエッジ』で放映する予定だったんでしょう?」

「夫はそう言ってました」

「謎の人物から脅迫されたんで、汚職疑惑の取材は表向き中断する形になったわけですね」

「ええ。取材チームのリーダーだった夫だけが、脅迫者捜しに専念することになったんですよ。そのことで内海は殺されてしまったようなので、丸岡報道局長は重い責任を感じられて、わたしが日東テレビで働けるように手を打ってくださったわけです」

「そうだったんですか。奥さん、ご主人は脅迫者に見当をつけてたんですかね?」

村瀬は問いかけた。

「それはわかりませんけど、元六本木ヒルズ族のひとりの日垣玲太《ひがきれいた》さんのことを調べてたようです」

「その名には聞き覚えがあるな。大学生のころにIT関係のベンチャービジネスで当てて、ネット通販会社、投資顧問会社、音楽ネット配信会社、不動産投資会社と事業を拡大し、九百億の資金を所有してたはずです」

「ええ、そうですね。そのころ、日垣さんはよくマスコミに登場して、派手な生活ぶりを誇らしげに披露してました」

「六本木の超高級マンションに住んで、フェラーリなど超高級外車を五、六台乗り回してたみたいだな。独身だから、いつも美女たちを侍《はべ》らせてた。しかし、広域暴力団の企業舎弟《フロント》や悪質な〝会社喰い《マージャー》〟なんかにグループ企業の経営権を奪われて、日垣は七、八年前に自己破産したんじゃなかったかな」

「ええ。表舞台から消えたニュービジネス界の旗手は想像を絶する辛酸《しんさん》をなめてたんでしょうけど、三年半ぐらい前から羽振りがよくなったらしいんですよ」

「自己破産者が復活するのは難しいと思うな。日垣は何かダーティーなことをやって、また大金を摑んだのかもしれませんね。まだ四十代の前半だから、落ちぶれたままで終わりたくなかったんじゃないだろうか」

「夫も、そうではないかと言ってました。日垣さんは港区白金《しろかね》の邸宅で贅沢《ぜいたく》な生活をしてるそうですよ」

「内海さんは、元ヒルズ族の日垣の交友関係を調べ上げてたんでしょうね」

「そうだったんだと思いますけど、細かいことはわかりません。事業で成功した方たちは有力政治家とパイプを繋ぎたいと思うでしょうから、日垣は全盛のころに有馬議員と知り合って、多額の献金をしてたのではないかしら」

　奈々緒が言った。

「考えられないことじゃないな。日垣はグループ企業が次々に乗っ取られたとき、有馬の力を借りようとしたのかもしれません。だが、頼りにしてた国会議員はまったく動いてくれなかった。で、有馬に濡衣を着せてやろうと思ったんではないだろうか」

「そうなら、謎の脅迫者は日垣玲太なのでしょうか」

「そう疑えなくもないですが、日垣が有馬を逆恨《さかうら》みしてるなら、自己破産する前に仕返ししそうですね。つまり、文なしになる前に議員に何か報復するだろうな」

「ええ、そうでしょうね」

「元ヒルズ族は何かダーティーな方法で、三年半で荒稼ぎしたと考えられます。内海さんはダーティー・ビジネスのことを知ったんで、命を奪われたのかもしれませんよ」

「ということは、夫は日垣玲太の回し者に殺害されたんでしょうか」

「まだ何とも言えません。日垣の仕業《しわざ》なのか、非合法ビジネスの仲間の誰かが内海さんの口を封じた疑いもあります」

「ええ、そうですね」

「日垣の現住所は本庁《うち》の交通部に照会すれば、すぐにわかります。自己破産した元ヒルズ族がどうやって昔のように富裕層になったのか、ちょっと調べてみます。大きな手がかりをいただいたんで、捜査が捗《はかど》りそうです。ありがとうございました」

村瀬は踵《きびす》を返して、横断歩道を渡った。

スカイラインの運転席に乗り込み、交通部運転免許証課に照会をかける。日垣玲太の現住所は白金三丁目十×番地だった。年齢もわかった。日垣は四十三歳だ。

過去の栄光は簡単に忘れられないだろう。日垣が犯罪絡みの金を集めて、優雅な生活に浸っている可能性は高い。

村瀬はポリスモードを使って、中尾課長に経過報告をした。

「その日垣のことはよく憶《おぼ》えてるよ。グループ会社の多くは粉飾決算で増資を重ね、創業者利益を膨らませたんだったな」

「ええ。新規の株主たちを巧《たく》みに騙《だま》して日垣は巨額な資産を形成したんですが、ブラックがかった連中に甘さを見せたんで、骨までしゃぶられてしまったんでしょう」

「そうなんだろう。脇の甘い会社経営者を喰《く》い潰す経済マフィアどもはいっこうに減らないからな。ベンチャービジネスで巨万の富を掴んだ若い事業家は油断してると、獲物《えもの》にされるだろうね」

「日垣は自分が獲物にされて破産したんで、今度は悪党に徹することにしたんじゃないですか」

「考えられるね。捨て身になれば、強請《ゆすり》の材料はあるからな。大企業だって、いろいろ不正はしてる。ブラック企業も多くなったようだし……」

「巨額の脱税をしてる法人や個人も決して少数ではないでしょうし、各種の詐欺商法もあります。いまも裏金づくりに励んでる官公庁はあると思われますし、犯罪絡みの隠し金はどこかに眠ってるでしょう」

「だろうね。開き直って金銭に執着すれば、自己破産者でも億万長者になれるんじゃないか。日垣玲太はありとあらゆる悪事を重ねてるのかもしれないぞ」

「ええ、考えられますね」

「日垣はダーティー・ビジネスのことを内海記者に知られてしまったんで、犯罪のプロに始末させたんだろうか」

「疑わしいですよね、日垣は。しかし、元ヒルズ族が第三者に内海健斗を殺《や》らせたんだとは限りません。日垣とつるんで、非合法ビジネスをやってる人間にも殺人動機はあるでしょう?」

「そうだね。もしかしたら、日垣は闇社会と繋がるようになったのかもしれないな。里見理事官に組織犯罪対策部《ソタイ》から情報を集めてもらうよ」

「そうしていただけますか」

「わかった。それから、日垣と有馬議員は接点があるかどうかも、ついでに調べてもらうよ」

「助かります。こっちの勘では、日垣と有馬には接点がないと思いますが……」

「なぜ、そう思ったのかね？」

中尾が訊いた。

「どっちも俗物なんでしょうが、有馬は権力欲や名誉欲が強い気がするんですよ」

「両方とも欲しいと願ってるんだろうし、金銭欲も弱いとは言えないだろう。兵器産業や核シェルター建造会社からヤミ献金を貰ってたんだから。それから、女好きでもあるな」

「日垣も金と女は嫌いじゃないと思いますが、権力や名誉にはそれほど興味はないでしょう？　二十代でベンチャービジネスに手を染めた経営者は過去の成功体験に引きずられることなく、新しい分野で目立つことをしたいという気持ちが強いんじゃないのかな」

「起業家と政治家はタイプが違うから、双方とも相手にあまり関心を示さないか。うん、そうだろうな。二人は会ったこともないとしたら、相手を恨むことはないわけだ」

「そうですね」

「謎の脅迫者は日垣ではなさそうだな」

「だと思いますが、予断を持つことはやめましょう。いまの時代、常識や通念では考えられない事件が発生してますんで」

「そうだな。それでも、有馬と反目《はんもく》してる人間が内海殺しの首謀者は議員だとミスリードした疑いは残るね。担当管理官の大林君に有馬議員と何かで敵対したことのある人間をリストアップしてもらうよ」

「課長、実はちょっと引っかかってることがあるんですよ」

「何に引っかかってるのかな？」

「正体のわからない脅迫者は、日東テレビ報道局社会部の特集企画を知ってたことになりますでしょ？　有馬の汚職疑惑にまつわる取材をすぐに中止しないと、テレビ局を爆破すると脅迫したわけですから」

「わたしも、そのことを考えてたんだよ。報道局社会部の記者の中に犯人側と通じてる者がいるんじゃないだろうか。未放送の取材内容をライバル局の人間が知るなんてことは……」

「まず無理でしょうね。課長の推測は正しいのかもしれませんが、日東テレビの報道局は取材中のスクープ種《ネタ》が他局を含めた部外者に漏れないよう細心の注意を払ってるはずですよ」

「そうだろうね。『ニュースエッジ』取材チームの記者に画像データや録音音声を社外に持ち出すことを禁じてるはずだし、原則として家族や親しい友人にも取材内容は喋るなと伝達してるだろう」

「でしょうね。取材チームの記者が社外の人間に漏らしてもいいのは没《ぼつ》になったネタに限られるんじゃないですか」

「被害者の内海は表向き取材中止になった有馬議員の汚職疑惑を丸岡報道局長の指示で、こっそり証拠集めをしてたんだったね」

「ええ、そうです」

「謎の脅迫者は取材チームの記者たち全員の動きを探ってたとは考えられないか」

「課長、それは考えられますね。それで、内海健斗が単独で取材を継続してることだけではなく、自己破産した日垣玲太が復活した背景を探りはじめてることも知ったんだろうか」

村瀬は自分の筋《すじ》読みを明かした。

「日垣はダーティーな手段で荒稼ぎして、以前のように金に不自由しなくなった。荒っぽい金儲けのことを日東テレビに暴《あば》かれたくなかったんで、日垣か悪党仲間が内海記者を永久に眠らせたというストーリーは考えられるんじゃないのかね」

「そう推測するのが自然なんでしょうが、金銭欲の強い連中は損得計算が速いんじゃありませんか」

「村瀬君は、損得に敏感な奴は殺人や殺人教唆が割に合わないことをよく知ってるんじゃないかと言いたいんだな？」

「ええ、そうです」

「そう言われれば、うなずけるね。日垣と共謀して汚れた金をせっせと集めてる仲間に社会的な成功者がいるのかもしれないぞ。そんな人物が醜《みにく》い素顔を知られたら、それこそ前途は閉ざされる」

「ええ、絶望的な結末を迎えることになるでしょうね。犯罪者として刑務所に送り込まれたら、獄中で自殺するかもしれません」

「社会的地位の高い者は案外、小心者で臆病《おくびょう》なんじゃないのか。せっかく手に入れた名声や地位に執着したいだろうから、不都合な人間を抹殺する気になったとしても不思議じゃない。そういう人物がいて、有馬議員に反感を懐《いだ》いてるとしたら、国会議員に濡衣を着せようと考えるかもしれないな」

「そうですね」

「日垣が短い間に復活できたことがなんか釈然としないじゃないか。とんでもない悪事を重ねてきたにちがいないよ。村瀬君、元ヒルズ族にしばらく張りついてみてくれないか」

課長が言って、先に電話を切った。

村瀬はポリスモードを所定のポケットに収めると、スカイラインを発進させた。玉川通りは渋滞しはじめているかもしれない。村瀬は裏通りをたどって、白金三丁目をめざした。

日垣の自宅を探し当てたのは二十六、七分後だった。

広い敷地の奥まった場所に、ホワイトハウスを連想させる洋館がそびえている。ブロンズカラーの門扉《もんぴ》の間から、カーポートが見えた。

黒いロールスロイス・ファントム、ベンツのマイバッハ、黄色いフェラーリ、マセラティ、ランボルギーニ、白いポルシェが並んでいる。どの車も真新しかった。

村瀬はスカイラインを日垣邸の石塀《いしべい》に寄せ、静かに外に出た。

通行人を装って門の前を通り抜け、石塀にへばりつく。防犯カメラの死角になる場所だった。

門扉の隙間から、カーポートの向こう側の庭を見る。西洋芝が植わった宏大《こうだい》な庭で、四十代前半に映る男がイングリッシュ・ポインターと戯《たわむ》れている。

よく見ると、日垣玲太だった。マスコミに登場していた時分より少し老けていたが、本人に間違いない。厚手のバルキーセーターを着込み、下はカーゴパンツだった。

日垣が、手にしているフリスビーを遠くに投げ放った。

大型猟犬がダッシュし、三十メートルほど先で跳躍《ちょうやく》した。フリスビーを上手に口で受けると、すぐさま飼い主の許《もと》に駆け戻った。

日垣はフリスビーを受け取り、イングリッシュ・ポインターの頭を撫《な》でてからビスケットを与えた。

大型猟犬は、瞬《また》く間にビスケットを食べ終えた。それを目で確かめると、また日垣はフリスビーを水平に飛ばした。イングリッシュ・ポインターがさきほどと同じように猛然と駆けはじめた。フリスビーはキャッチされた。

大型猟犬は日垣に走り寄り、ごほうびのビスケットを得た。日垣は目を細めていた。邸宅はひっそりとしている。日垣はまだ独身で、誰とも同居していないようだ。

すぐ近くで、人が立ち止まった。

村瀬は反射的に横を向いた。六十年配の細身の女性がたたずんでいる。スーパーの袋を手にしていた。

「お客さまでしょうか？」

「いいえ、通りすがりの者です。庭で飼い主さんと大型猟犬が愉《たの》しそうに遊んでたんで、ちょっと覗かせてもらってたんですよ」

村瀬は笑顔で答えた。

「そうなんですか。こちらのお宅のご主人は、大型犬が好きみたいですね。わたし、通いの家政婦なんですよ。ご主人は結婚されてないんで、家事を任されてるんです」

「カーポートに超高級外車がずらりと並んでますね。富裕層なんでしょう？　幾つも会社を経営してるんだろうな」

「いいえ、プロの投資家みたいですよ。仕事場には何台もモニターが並んでるんですが、わたしは入室を禁じられてるの」

「そうなんですか」

「どうやって儲けているのか知りませんけど、ちょくちょくチップを二、三万くださるの。そのことを派出所の所長には報告してませんけどね」

家政婦と称した女性は少し舌を出すと、潜《くぐ》り戸を抜けて邸内に入った。

村瀬は車の中に戻った。

3

腹の虫が鳴った。

いつしか午後七時を回っていた。捜査対象者の日垣は外出することはなかった。

村瀬は、張り込み用の非常食であるビーフジャーキーとラスクで空腹感をなだめた。ペットボトル入りのミネラルウォーターを喉に流し込み、セブンスターに火を点ける。

一服し終えたとき、日垣邸の潜り戸が開いた。

マークした男が出かけるのか。姿を見せたのは年配の家政婦だった。彼女は最寄りの地下鉄駅のある方向に歩きだした。

日垣は家政婦が用意した夕食を摂《と》っているのかもしれない。今夜は自宅から離れないのか。そうなのかもしれないが、来客があるとも考えられる。まだ張り込みを切り上げるわけにはいかない。村瀬は真夜中まで粘る気でいた。

中尾課長から電話がかかってきたのは、午後八時十分ごろだった。

「日垣と有馬議員に接点はなかったよ」

「そうですか。そういうことなら、日垣が有馬を殺人事件の首謀者に見せかけようとしたんじゃないですね」

「そう判断してもよさそうだな。それから、民自党の議員の中に有馬を強く敵視してる者はいなかったらしいよ」

「そうですか」

「ただ、捜二の知能犯係から耳寄りな情報を入手した。自己破産した日垣は安アパートで長く耐乏生活をしてたんだが、三年六カ月前から広尾《ひろお》の高級賃貸マンションに転居してるんだ」

「そのころ、何かダーティーなことをやったんでしょうね」

「それは間違いないだろうな。日垣は親交のあったベンチャー企業経営者四人にスポンサーが見つかったんで、海洋開発ビジネスに投資してくれないかと持ちかけ、二億円ずつ出資してもらったようなんだ」

「その投資話は架空だったんじゃないんですか？」

村瀬は訊いた。

「そうだったようだな。四人の出資者のひとりが投資詐欺に引っかかったようだと本庁《うち》の捜二に相談にきたらしいんだが、数日後に被害届を取り下げたというんだよ。出資金を全額返却してもらったからと言ったみたいだね」

「その出資者は私生活の乱れを日垣に握られて、投資詐欺に遭《あ》ったと訴えたのは早とちりだったと被害届を取り下げたんじゃないのかな」

「その通りだったそうだよ。その出資者は松浦匡史《まつうらただし》というベンチャー企業経営者で、ほかの三人の出資者の氏名と連絡先を教えてくれたというんだ」

「知能犯係は、その三人の出資者に問い合わせをしたんでしょ？」

「ああ、もちろん。三人は、出資金は数カ月後にハイリターンを付けて返済してもらえたと証言したらしい」

「つまり、投資詐欺に引っかかってはいないと明言したわけですね」

「そうなんだが、三人とも必要以上に日垣を庇《かば》うような感じだったらしいんだ」

「その三人は松浦と同じように、何か弱みがあったんでしょうね。ニュービジネスで成功した経営者は、かなり際《きわ》どい商売をやってるようだからな。金に不自由しなくなったんで、女遊びを重ね、違法カジノにも出入りしてたんじゃないですか。中には麻薬《クスリ》に溺《おぼ》れた奴もいそうだな」

「いるかもしれないね。昔のベンチャー企業家仲間から八億を詐取したことに日垣は味をしめて、悪事を重ねて白金の豪邸を手に入れたんだろうな」

「おそらく、そうなんでしょう。白金の豪邸の所有者は、日垣玲太の名義になってるんですか？」

「いや、土地と建物は『慈愛《じあい》の雫《しずく》』という宗教法人になってるんだ。その宗教法人の代表者は山本吾朗《やまもとごろう》になってるんだが、ダミーだろうね。自己破産者の日垣が税金逃れのためにダミー名義で邸宅を購入したんだと思うよ。宗教法人なら、ほとんど税金を払わなくても済むじゃないか」

「そうですね。白金の邸宅を購入したのは、いつなんです？」

「およそ一年前だね。購入代金は約十四億だ。日垣はダーティーな金をせっせと手に入れて、他人名義で豪邸を買ったんだろう」

「課長、松浦匡史の連絡先はわかります？」

「スマホのナンバーはメモしてあるよ」

中尾がナンバーをゆっくりと口にした。村瀬は私物のスマートフォンを取り出し、すぐに十一桁の数字を登録した。

「それからね、理事官が組対《そたい》からも情報を提供してもらったんだが、日垣玲太とつき合いのある暴力団関係者は皆無だったそうだよ。裏社会と繋がってる企業舎弟や会社乗っ取り屋たちに資産を奪われたんで、元ヒルズ族の自己破産者は闇の男たちには嫌悪感を覚えてるんだろうね」

「ええ、そうなんでしょう」

「日垣は外出しないのかな、今夜は」

「そうかもしれませんが、深夜になるまで張り込んでみます」

村瀬は通話を切り上げた。ポリスモードを所定の内ポケットに戻し、私物のスマートフォンを手に取る。

不用意に私物のスマートフォンを違法捜査に使うことは賢明ではない。先方に着信記録が残るわけだから、発信者の素姓《すじょう》を調べることは可能だ。

ただ、仮に正体を知られても、言い逃れはできなくもない。スマートフォンをどこかで紛失したと言い張れば、拾得者が発信したのだろうと弁解できる。

張り込みを中断して、公衆電話を探しに行くわけにはいかない。村瀬は私物のスマートフォンを使って、松浦に電話をかけた。

スリーコールで、通話可能状態になった。

「松浦です」

「おたく、三年六、七カ月前に投資詐欺に引っかかったでしょ？」

「あなたはどなたなんです？」

「債権回収屋《キリトリ》ですよ。おたくを含めて四人のベンチャー企業の社長が日垣玲太の架空の投資話に引っかかって、二億円ずつ騙し取られたよね。おたくは警視庁捜査二課知能犯係に相談して、被害届を提出した。しかし、数日後には被害届を取り下げてる。そうでしょ？」

「日垣氏が出資額に高い配当金を加えて全額返してくれたんで、被害届を引っ込めたんですよ」

「それは嘘だな。おたくは日垣に致命的な弱みを握られたんで、出資金の返済を求めなかったんじゃないのか。ほかの三人の出資者も何か痛いとこを知られたんで、被害届は出せなかったんだろう」

「出資した二億円は配当金と一緒に一括返済されたんですよ、本当に」

「おたくは大きな弱みを日垣に握られたんで、出資した金は諦めることにしたんだろうな。それは理不尽な話でしょうが？」

村瀬は鎌をかけた。

「あなたは、わたしの弱みを知ってるのか⁉」

「ああ、何もかもな。弱みについて喋ろうか。証拠を押さえてあるんだ。空とぼけても無駄だぜ」

村瀬は、もっともらしく言った。それで、松浦は観念したようだ。

「ああ、なんてことなんだ。ギャラ飲みをバイトにしてる女子大生にフランス料理のコース料理を奢《おご》って、その娘《こ》に謝礼の二万を渡してレストランの前でいったん別れたんですよ。でもね、相手が追いかけてきて、『十万円のギャラを貰えるんだったら、ホテルに泊まってもいい』と誘ってきたんです」

「で、おたくは女子大生とシティホテルの一室で朝まで過ごした。そうだね？」

「ええ。合意のセックスだったのに、相手は睡眠導入剤入りのワインをわたしに飲まされてホテルで犯されたと彼氏と一緒にオフィスに乗り込んできた」

「女は怖いな」

「ええ。二千万払ってくれたら、示談にしてやるなんて言い出したんで、わたしは若いカップルを懲《こ》らしめてやる気になったんですよ」

「当然だろうな」

「ネットの裏サイトで危ないバイトをしてる二人組に女子大生を輪姦させて、多摩川の河口にロープで縛《しば》ったまま投げ込ませたんです。羽田《はねだ》の漁師に女子大生は救助されたんですけど、彼氏のほうは二人組にさんざん殴打されたんで植物状態になってしまった。女子大生が先に悪事を働いたわけだから、事件は警察沙汰にはなりませんでしたけど。日垣はどうやって調べ上げたのか、わたしのスキャンダルのことを知ってた。海洋開発ビジネスの話は怪しいと思いながらも、二億円の出資を拒むことができなかったんですよ」

「ほかの出資者三人も他人に知られたくない秘密があったんで、嘘の投資話に出資せざるを得なかったんだろうな」

「ええ、そうなんです。三人は轢《ひ》き逃げ、保険金詐欺、コカイン常習なんて弱みがあったから、日垣に二億円ずつ吸い上げられてしまったんですよ」

「おたくが大金持ちだってことはわかってるが、二億円は巨額だよな。こっちが出資金を回収してやるから、半額を礼として払ってくれないか」

「回収できた出資金は、そっくり差し上げますよ。わたしの弱みを誰にも喋らないという念書を認《したた》めてくれたら、さらに一億円の口止め料をプラスしてもいいですよ」

「リッチマンは言うことが違うね。せっかくだが、こっちは強請屋じゃない。おたくが出資した二億を回収したら、その分はいただくことにしよう。それでいいね？」

「ええ、結構です」

「日垣玲太は七、八年前に自己破産したはずなのに、三年半ぐらい前から羽振りがよくなったようだ。何か危《ヤバ》いことをやってるんだろうな。覚醒剤《シャブ》の密売でもやってるんじゃないのか。おたく、何か日垣の噂を聞いてない？」

「真偽はわかりませんが、日垣が格闘家崩れの男たちに企業舎弟《フロント》の内部留保、常習脱税者の多額の隠し金、経済マフィアたちの裏金を奪わせてるようだという噂は耳にしたことはあります。それから、なんとかいう宗教法人も安く買って、ダミーの代表を据えたみたいですよ」

「日垣は一年ほど前に白金三丁目にある豪邸を買ってるが、その邸宅の所有者は宗教法人の代表になってる」

「そこまでは知りませんでしたが、税金対策でしょうね」

松浦が言った。

「ああ、そうなんだろう。日垣は広域暴力団の企業舎弟や悪質な会社喰《マージャー》いたちに莫大な資産を奪われたようだから、その報復を企《たくら》んでるのかもしれないな」

「それ、考えられますね。ベンチャー企業のオーナーの多くは創業者利益を得てますが、自分の発想や才覚が成功に結びついたとある種の自負《じふ》を持ってます。苦労して築いた資産をハイエナみたいな連中に喰《く》い尽くされたんですから、いつか仕返しをしてやろうと胸に誓ってたんでしょう」

「そうなのかもしれないな」

「日垣には騙《だま》されてしまいましたが、あいつが企業舎弟、常習脱税者、経済マフィアたちの金を横奪《ど》りしてるとしたら、いいとこに目をつけたなと思いますよ。疚《やま》しい隠し金をごっそり盗んでも、被害者は警察に訴えにくいはずです。裏金のことが表沙汰になったら、国税庁に目をつけられますからね」

「そうだな。日垣は自分を破産者に追い込んだ奴らに報復したいと思ってるだけなのか。それだけではなく、何か大きな目的があるのかもしれないぞ」

「たとえば、どんなことが考えられます？」

「具体的なことは想像できないが、画期的なベンチャービジネスを思いついたんだが、真っ当な商売では莫大な投資金を工面することは難しい。それでも、どうしても事業プランを実行に移したくなったんじゃないか」

「起業家なら、大きな勝負をしたくなると思います。ニュービジネスの新旗手と一時《いちじ》はマスコミでちやほやされた日垣ですから、派手な形で復活を遂げたいと願ってるかもしれませんね」

「だから、開き直って荒っぽいやり方で事業資金を調達してるんじゃないのかな」

「そうなのかもしれません。わたしの出資金をあなたが回収してもいいですよ。その代わり、わたしの弱みについては誰にも喋らないと約束していただけます？」

「ああ、約束するよ。それじゃ、おれが日垣から二億円をいただくか」

村瀬は電話を切って、スマートフォンを懐に収めた。それから十数分後、原付きバイクが日垣邸の前に横づけされた。

ライダーは、まだ若い。二十代の半ばではないだろうか。男は原付きバイクに跨がったまま、郵便ポストに小さなクッション封筒を投げ入れた。

いわゆる郵便配達ではない。また宅配便なら、受取人のサインが必要なはずだ。なんとなく怪しい。

村瀬は原付きバイクのナンバーを頭に刻みつけた。

ほどなくバイクが走り去った。村瀬は端末を操作して、原付きバイクのナンバー照会をした。数カ月前に大田区内で盗まれた原付きバイクだった。

消えたライダーはジェット型のヘルメットを被り、地味な身なりをしていた。顔はよく見えなかったが、今風の若者ではない感じだった。オタクっぽかった。

日垣はハッキングに長《た》けたコンピュータマニアを雇って、大企業や官庁のシステムに潜らせ、不正の証拠を押さえさせているのかもしれない。村瀬は根拠があるわけではなかったが、そんな気がした。

自分の勘が当たっていたら、クッション封筒の中身はＵＳＢメモリーの類《たぐい》なのではないだろうか。メールでの遣り取りは何かと不都合だ。

村瀬は静かに車を降り、日垣邸に近づいた。可能ならば、ポストからクッション封筒を取り出して、中身を検《しら》べたかった。

門の手前まで進んだとき、アプローチを歩く人影が見えた。日垣だった。村瀬は石塀にへばりつき、じっと動かなかった。

日垣が郵便受けからクッション封筒を摑み出し、すぐに家の中に戻った。原付きバイクに乗った若い男が、クッション封筒を入れたことを日垣に電話かメールで伝えたのだろう。

一瞬の差で、クッション封筒の中身を検《あらた》めるチャンスを逸《いっ》してしまった。村瀬は踵《きびす》を返し、スカイラインの運転席に戻った。

白っぽいアルファードがスカイラインの横を走り抜けて日垣邸の先の隣家の生垣に寄せられたのは、ちょうど午後十時だった。

村瀬は助手席に片肘《かたひじ》をつき、上体を大きく傾けた。アルファードの運転席から、短髪をブロンドに染めた巨漢がのっそりと降りた。

身長は百九十センチ近い。筋肉が盛り上がっている。助手席から姿を見せた男も巨体だ。剃髪頭《スキンヘッド》で、肩と胸板が分厚い。ともに三十歳前後だろう。松浦が話していた格闘家崩れなのではないか。

二人の大男はのっしのっしと歩き、日垣邸のインターフォンを鳴らした。金髪の男が日垣と短い言葉を交わす。

ややあって、ブロンズカラーの門扉が開けられた。二人の来訪者が邸内に吸い込まれた。通い馴《な》れた様子だった。

村瀬は十分ほど経過してから、そっと車の外に出た。通行人のような顔をして日垣邸の前を抜け、アルファードのナンバープレートの数字を読んだ。

村瀬は体をターンさせ、スカイラインの中に戻った。

すぐに端末に手を伸ばし、アルファードのナンバーを照会する。半ば予想していたことだが、当該《とうがい》車輛は八カ月前に国立《くにたち》市内の月極《つきぎめ》駐車場から何者かに盗まれていたことが明らかになった。

原付きバイクに乗っていた若い男も、二人の巨漢も自分の単車や車に乗っていない。それだけで、充分に怪しいだろう。三人は日垣の悪事に加担しているのではないか。

村瀬は一刻も早く二人の大男の正体を突きとめたくなった。といっても、まさか日垣邸に乗り込むわけにはいかない。待つほかなかった。

レスラーのような二人組が日垣邸から現われたのは、午後十一時五十分ごろだった。

やがて、アルファードが走りはじめた。さきほどと同じく、短い髪を金色に染めた男がハンドルを捌《さば》いている。スキンヘッドの男よりも、一、二歳若そうだ。

村瀬はアルファードの尾灯《テイルランプ》が闇に呑《の》まれる直前に専用捜査車輛を発進させ、慎重に追尾を開始した。

アルファードは近くの古川橋《ふるかわばし》交差点から麻布十番《あざぶじゅうばん》経由で、外苑東《がいえんひがし》通りに出た。行き先に見当はつかなかった。

村瀬は四、五台の車の後ろを走り、用心深くアルファードを追った。アルファードは青山《あおやま》通りの少し手前で左折した。南青山一丁目の脇道を数百メートル進み、四階建てのココア色のビルの手前で停止した。

すぐにライトは消されたが、二人の巨漢はしばらく車内に留《とど》まっていた。村瀬は車をアルファードの三十メートルほど後方の暗がりに寄せた。

アルファードから二人の男が降りた。ともに黒いニット帽を被り、大きなマスクで顔半分を隠している。黒っぽいパーカのファスナーを襟元まで上げ、二人とも手袋を嵌めていた。

ココア色のビルは暗い。男たちが目配せし合って、四階建てのビルに忍び寄った。巨漢ながら、身ごなしは軽やかだ。

村瀬は物音をたてないよう細心の注意を払いながら、スカイラインの運転席から出た。いつの間にか、二人組の姿は見えなくなっていた。

村瀬は中腰でココア色のビルに走り寄った。『ホープ・コーポレーション』というプレートが掲げられている。どんな会社なのか。社名だけでは、推測しようがない。どこかの組の企業舎弟なのだろうか。

表玄関のシャッターは下ろされていた。二人は非常階段から建物の中に潜り込んだのではないか。

村瀬はビルの両側を覗き込んだ。非常階段はどこにも設置されていなかった。左隣のビルの間に一メートル半ぐらいの隙間がある。

村瀬は隙間に身を入れ、奥に向かった。歩きながら、外壁を見上げる。

一階と二階の中間にある階段の踊り場の横の採光窓の端から、逆鉤《ユニバーサルフック》付きロープが垂れ下がっている。採光窓は畳半分ほどの大きさだ。

大男でも、なんとか採光窓から建物の中に侵入できるだろう。二人組は金目のものを漁《あさ》ったら、侵入口から逃走するのではないか。

村瀬は採光窓のほぼ真下で待つことにした。

十数分が流れたころ、玄関側でシャッターを押し上げる音が響いた。読みは外れたようだ。

村瀬はココア色のビルの外壁に沿って走った。通りに出ると、二人の巨漢がそれぞれ大きな布袋を担《かつ》いでいた。ところどころ出っ張っている。

「中身は札束のようだな。日垣に指示されて、企業舎弟の内部留保をごっそり盗《ギ》ってきたんだろうが。えっ」

村瀬は二人の行く手を阻《はば》んだ。

金髪の男がパーカのポケットに手を突っ込んだ。次の瞬間、乳白色の噴霧《ふんむ》が拡散《かくさん》した。瞳孔《どうこう》がちくちくして、村瀬は目を開けていられなくなった。瞼《まぶた》を擦ったとき、男たちが駆けだしはじめた。

村瀬は追いかけたかった。しかし、まだ目が見えない。催涙スプレーを浴びせられたようだ。村瀬は噴霧を振り払って、片目を薄く開けた。二人の大男は近くの青山霊園に逃げ込む気らしい。

村瀬は目をしばたたきながら、逃げる男たちを追いかけた。やはり、男たちは青山霊園内に走り入った。

街灯が点いているが、墓地の奥までは光が届いていない。村瀬は身を屈めて、墓標と墓標の間を進んだ。数十メートル行くと、暗がりから何かが飛んできた。耳の近くを通り抜けたのはスチール弾球だった。

スキンヘッドの男がスリングショットの強力ゴムを引き絞って、またもやスチール弾球を放った。弾球は村瀬の斜め後ろの墓石に当たった。

「逃《フケ》げましょう」

金髪の男がスキンヘッドの仲間に言い、墓石の間を縫《ぬ》いはじめた。剃髪頭の男が倣《なら》った。

村瀬は二人を追った。霊園を駆け回ってみたが、二人組を見失ってしまった。村瀬はあたり一帯を巡ってみたが、徒労に終わった。

スキンヘッドの男がスリングショットを持っていたことは確かだ。内海健斗を殺したのは、あの大柄な男なのか。

村瀬はそう思いながら、日垣邸のある通りに駆け戻った。すると、アルファードが火に包まれていた。二人組が車内の遺留品を灰にしたくて、火を放ったのだろう。

大男たちは日垣邸に匿《かくま》われているのかもしれない。しかし、捜索令状があるわけではなかった。忌々《いまいま》しいが、日垣邸に押しかけることはできない。

村瀬はスカイラインに乗り込んだ。

4

頭が重い。

欠伸《あくび》が出そうだ。三時間も寝ていない。

村瀬は自宅マンションのリビングソファに坐って、ノートパソコンのディスプレイを覗いていた。午前八時前だった。亜季はまだ寝室のベッドで眠っている。

村瀬は張り込みを切り上げると、亜季のスマートフォンを鳴らした。彼女は『夕月』で待っていた。

村瀬は連絡が遅くなったことを詫び、急いで亜季の店に向かった。彼女をスカイラインの助手席に乗せ、笹塚の自宅に戻った。

二人は軽くワインを飲み、ベッドで睦《むつ》み合った。長く待ちわびていたからか、亜季はいつもより積極的に村瀬を求めた。

村瀬は煽《あお》られ、愛撫に熱を込めた。長い情事が終わったのは午前五時近かった。

先に目覚めた村瀬は居間に移り、格闘技の団体のホームページを次々に開いた。『ホープ・コーポレーション』に忍び込んだ二人組は、まだ現役の格闘家かもしれないと思ったからだ。

　これまで四団体のホームページを閲覧《えつらん》したが、逃げた二人組のことは載っていなかった。現役ではなく、やはり元格闘家だったのか。

　村瀬は、最後に新興総合格闘技団体『トルネード』のホームページを覗いた。と、思いがけなく所属選手リストの中に二人組が混じっていた。

　顔写真を確認する。間違いなかった。

　頭髪を剃り上げた男の名は新見亮《にいみりよう》で、三十一歳だった。金髪男のほうは明石龍仁《あかしりゆうじん》、二十九歳と出ている。『トルネード』の本部は豊島区南大塚《みなみおおつか》二丁目にあった。

　村瀬は必要なことをメモして、ノートパソコンを閉じた。紫煙をくゆらせていると、寝室からネグリジェ姿の亜季が出てきた。

「寝坊しちゃったわね。シャワーを浴びたら、お店から持ってきた食料で朝御飯をこしらえるわ」

「無理するなよ。疲れてるはずだからさ」

「ううん、大丈夫」

「悪いな。いつもは冷蔵庫は空っぽなんだが、いろいろ食料を持ってきてくれたから、あまり手の込まない朝飯《あさめし》を作ってもらうかな」

村瀬は頼んだ。

亜季がうなずいて、浴室に向かった。村瀬はリモート・コントローラーを使って、テレビの電源を入れた。チャンネルを替えてみたが、『ホープ・コーポレーション』に泥棒が入ったというニュースは報じられていなかった。

まだ社員が誰も出勤していないのか。それとも、わざと被害届を警察に出していないのだろうか。後者だとしたら、『ホープ・コーポレーション』は暴力団の息のかかった企業舎弟《フロント》なのではないか。

村瀬はテレビの電源をオフにして、ふたたびノートパソコンを開いた。検索キーを叩き、『ホープ・コーポレーション』のホームページをチェックする。

代表取締役は、道元義博《みちもとよしひろ》になっている。社員数は二十名そこそこだが、年商は六百億円と多い。ホームページから、暴力団の影は透《す》けてこない。

村瀬は私物のスマートフォンを使って、赤坂署の橋場に電話をかけた。コールサインが七、八回鳴ってから、電話が繋がった。

「朝っぱらから悪い！」

「村瀬、どうした？」

「おれの学生時代の友人が投資顧問会社に親の遺産の半分を預ける気になったらしいんだ

が、南青山にある『ホープ・コーポレーション』は企業舎弟なんじゃないかと問い合わせてきたんだよ。でも、こっちは暴力団係《マルボウ》じゃないんで……」

「その『ホープ・コーポレーション』って会社は、赤坂や青山一帯を縄張《シマ》りにしてる義友《ぎゆう》会《かい》のフロントだよ。出資しないほうがいいな」

「やっぱり、バックに暴力団が控えてたか」

「道元って社長は五十六なんだが、十年前まで義友会の金庫番だったんだよ。商才に恵まれてるんで、『ホープ・コーポレーション』の初代社長に起用されたわけさ」

「その道元、表向きは足を洗ったことになってるんだろう？」

「そう。けど、いまも義友会とは深く結びついてる。本部に集まった上納金をベンチャー関連会社や中小企業に投資してハイリターンを得てるんだ。投資先の経営が不安定になったら、すぐに経営権を握って増資で新たな投資家から金を引っ張ってる。それで、見込みのない会社は売り飛ばして投資した金はしっかり回収してるんだよ」

「それじゃ、何人もベンチャー企業のオーナーは潰されてきたんだろうな」

「泣かされたオーナー社長は少なくないよ。ほら、かつてニュービジネスの新旗手とマスメディアでよく取り上げられた日垣玲太なんかもカモにされたことが没落の始まりだったんだ。日垣は悪質な会社乗っ取り屋どもの餌食《えじき》にもされたから、経済マフィアたちをいまも恨んでると思うよ」

橋場が言った。

「その日垣は七、八年前に自己破産したんじゃなかったっけ？」

「ああ、その通りだ。しかし、三年半ぐらい前から余裕のある暮らしをしてるようだから、何か闇ビジネスに手を染めたのかもしれないな」

「どこかの組織か半グレ連中を用心棒《ケツモチ》にしてるんじゃないのか」

「そうなら、とうにおれたちがマークしてるさ」

「ああ、そうだろうな」

「日垣はヤー公や経済マフィアの力を借りないで、悪知恵の回る堅気をブレーンにしてるんだろうな。いまんとこ日垣はボロを出してないからノーマークだが、そのうち……」

「橋場、ありがとう」

「おい、ちょっと待てよ。学生時代の友人が投資先をチェックしたがってるというのは作り話なんじゃないのか？」

「いつから疑い深くなったんだい？　おれたちは同期だったんだ。もっと信頼してくれや」

「いや、おかしいな。『ホープ・コーポレーション』の道元社長が殺人事案に絡んでるんじゃないのかよ？　殺人事件の捜査は、捜一の専売特許ってわけじゃない。やくざが関与してる殺人事案は、組対《そたい》のテリトリーじゃないか」

「そのうち、ゆっくり酒を酌《く》み交わそう」

村瀬は電話を切った。橋場に怪しまれたようだが、特務捜査の内容を明かすわけにはいかない。

村瀬はソファから立ち上がって、寝室のベッドに横たわった。寝るつもりはなかったが、眠りに落ちた。

亜季に揺り起こされたのは、およそ四十分後だった。朝食の用意ができたらしい。村瀬はベッドから起き上がり、手早く洗顔を済ませた。

コンパクトなダイニングテーブルには、鮭《さけ》、焼き鱈子《たらこ》、きんぴら、佃煮、海苔《のり》などが並んでいた。炊きたての御飯や味噌《みそ》汁も用意されている。

村瀬は亜季と差し向かいで、朝食を摂《と》った。少し気恥ずかしかったが、なんとなく心が和《なご》んだ。

「後片づけは、おれに任せてくれ。それぐらいやらないと、罰《ばち》が当たるからな」

村瀬は食器をシンクに運んだ。

「いいのかしら？」

「女は化粧もしなきゃならないからな」

「そろそろ捜査にかからないとまずいのね？」

「もっとゆっくりしてもらいたいとこだが、ごめんな。下落合《しもおちあい》のマンションまで送るよ」

「わたし、電車で帰るわ。お店から覆面パトカーに同乗させてもらったけど、公私混同はよくないわよ」

「真面目なんだな。女刑事のような顔して、堂々と助手席に坐ってればいいじゃないか」

「やっぱり、けじめはつけないとね。わたし、本当に電車で帰る」

亜季が穏《おだ》やかに言って、寝室に入った。

村瀬は食器を洗い終えると、ざっとシャワーを浴びた。髭を剃り、歯磨きもする。

二人が部屋を出たのは十時数分前だった。村瀬は笹塚駅に向かう亜季を見送り、マンションの専用駐車場に置いてあるスカイラインの運転席に乗り込んだ。エンジンをかける前にポリスモードで、前夜からの出来事を中尾に報告する。

「『ホープ・コーポレーション』が義友会の企業舎弟《フロント》なら、逃走中の二人組は現金を強奪したと考えてもいいだろう」

「警察に『ホープ・コーポレーション』から事件通報は入ってないんですね？」

「入ってないはずだ。まともな金を奪われただけなら、当然、被害届を出すだろう。企業舎弟は内部留保のほかに汚れた金も保管されてたにちがいないよ」

「そうなんでしょうね。赤坂署にいる同期の橋場の話によると、日垣は『ホープ・コーポレーション』にカモにされたらしいんですよ。それだから、逃げた二人にやくざマネーを盗《ギ》らせたんでしょう」

「そうなんだろうな。日垣は自分を破産に追い込んだ奴らに復讐する気でいるんだと思うよ。それで、二人の巨漢を実行犯にしたんじゃないのか。片方のスキンヘッドの男は、スリングショットで村瀬君にスチール弾球を放ったということだったね？」

中尾課長が確かめた。

「ええ。内海殺しの事件と同じ凶器を持ってたのは、単なる偶然とは考えにくいですが……」

「殺害された内海健斗は、日垣のことをマークしてた。それを考えると、スキンヘッドの新見亮が捜査本部事件の容疑者臭いな」

「疑わしいんですが、新見をクロと断定するのは早計なのかもしれません」

「なぜ、そう思う？」

「新見と明石は日垣に好条件で雇われて、黒い金を強奪してるんでしょうが、殺人《コロシ》まで請け負うでしょうか。一応、二人は『トルネード』の所属選手なんです。人殺しまでは請け負わないと思うんですよ」

「そうだね。新見という男がスリングショットを持ってたのは、ただの偶然なんだろうか」

「そうだったかもしれませんが、もしかしたら、日垣玲太が新見を内海殺しの犯人に見せかけたくて、洋弓銃を使うよう仕向けた可能性も……」

「そうも疑えるか。『トルネード』に行けば、逃げた二人組の家や潜伏先《ヤサ》がわかるかもしれないぞ。日垣の自宅にずっと匿《かくま》われてるとは思えないな」

「ええ、そうですね。これから、『トルネード』の本部に行ってみます」

「電話を切らないでくれ。言い忘れていたことがあるんだ」

「なんでしょう？」

「有馬は、ヤミ献金のうち三億円を正体不明の男に脅し取られたと供述したそうだ。有馬のひとり娘は外交官と結婚したんだが、万引き依存症で都内のデパートや大型スーパーで十数回も商品を盗んで所轄署に検挙されたんだよ。そのつど、父親が裏から手を回して娘の不祥事を揉み消してきたらしいんだ」

「有馬の娘は窃盗症《クレプトマニア》だったんですか」

「心の病気だから、なかなか治せないそうだよ。クレプトマニアは案外、多いみたいだぞ」

「そうなんですか。有馬は娘のことを脅迫材料にされて、謎の人物に三億円もせしめられてしまったんですかね」

「そうなんだろう。日垣を怪しんだんだが、有馬は娘の不始末を揉み消してきた」

「揉み消しの件は被害店、警察関係者、マスコミ関係者しか知り得ないでしょう」

「だろうね。まさか日東テレビの関係者が有馬のヤミ献金の一部を横奪《ど》りしたんじゃないだろうな」

「それはないと思いますが、気になる話ですね」

村瀬は通話を切り上げ、スカイラインを走らせはじめた。近道を選びながら、南大塚に向かう。

『トルネード』を探し当てたのは四十数分後だった。事務棟の横にジムがあるようだ。

村瀬はスカイラインを路上に駐め、事務棟を訪ねた。女性事務員に警察手帳を見せ、会長の小松《こまつ》潔《きよし》との面会を求めた。

少し待つと、奥から五十代後半のスポーツ刈りのがっしりした体格の男が姿を見せた。それが小松会長だった。

「捜査一課の村瀬です。新見、明石の両名は所属選手ですよね。こちらのホームページに二人の写真が載ってました。それを確認して、お邪魔したわけです」

「二人は一年数カ月前に『トルネード』を離れたんですよ。ファイトマネーだけでは喰っていけないと言って、去っていったんです。ホームページに、まだ二人の写真が掲げてありましたか。すぐに外しましょう」

「もう現役の総合格闘家じゃなかったのか」

「そうなんですよ。うちは弱小ですんで、ファイトマネーだけで生活できるのは二、三人しかいないんですよね。新見と明石はもっと伸びるはずなんですが、貧乏暮らしに耐えられなくなったんでしょう。ま、掛けてください」

「ありがとうございます」

村瀬は、古ぼけた布張りのソファに腰を落とした。小松が村瀬の前に坐る。

「格闘技ブームのころに『トルネード』を立ち上げたんですが、スター選手が二人いるだけですから、興行プロモーターもあまり熱を入れてくれないんです。だんだん下降線をたどって、いまや赤字経営ですよ。新見と明石が見切りをつけたくなっても、まあ、仕方ありませんね」

「二人はリングを下りてから、何をやってたんです?」

「警備員、トラック運転手、健康食品のセールと職を転々としてたみたいですが、どれも長続きしなかったようですよ。いまは便利屋みたいなことをやってるみたいだが、よくわからないんだ」

「二人は、この近くに住んでるんですか？」

「うちに所属してたころは、どっちも板橋区弥生町《やよいちょう》にある『弥生コーポ』ってアパートに別々に部屋を借りてた。いまも、そこに住んでるのかどうか……」

「わかりませんか？」

「うん、わからないな。刑事さん、新見と明石が共謀して殺人事件でも引き起こしたんですか？」

「確証を得たわけじゃないんですが、少し疑わしい点があるんですよ」

「二人とも？」

「怪しい点があるのは、新見のほうですね。会長、新見は洋弓銃とか狩猟用の強力パチンコに興味があるようでした？」

「そんな話は聞いたことがないな。新見は誰を手にかけたと疑われてるんです？」

「その質問には答えるわけにはいかないんですよ、まだ状況証拠があるだけですんでね。すみません」

「どっちも気は荒いが、平気で人殺しをするような冷血漢じゃないな。だけど、金に詰まってるんだったら……」

「やりかねませんか？」

「新見は後輩たちに気前のいいとこを見せたいタイプなんですよ。明石を弟のようにかわいがってたから、喰うや喰わずの状態じゃカッコもつけられない。魔が差したら、新見は代理殺人を請け負っちゃうかもしれないな」

「二人のどちらかが、日垣という男と知り合いだったという話を聞いたことはありますか？」

「いや、そんな話は聞いたことがないな」

「そうですか。時間を割《さ》いていただいて、ありがとうございました。板橋の『弥生コーポ』に行ってみます」

村瀬は暇《いとま》を告げ、『トルネード』を出た。覆面パトカーに乗り込み、板橋区弥生町をめざす。

『弥生コーポ』に着いたのは、およそ二十分後だった。ありふれた軽量鉄骨の二階建てアパートで、かなり古びていた。

村瀬は車をアパートの近くに駐め、集合郵便受けに歩み寄った。新見の部屋は一〇五号室、明石は二〇一号室を借りていた。

村瀬は先に一〇五号室に足を向けた。

ドアに耳を押し当てる。室内は静まり返っていた。村瀬は横に動いて、一〇四号室のドアをノックした。

ややあって、ドアの向こうで若い男の声がした。

「どなたでしょう?」

「警視庁の者ですが、一〇五号室の新見さんはずっと留守なんですか?」

「月に一、二回、部屋に帰ってきてるようですね。仕事の関係でビジネスホテルに泊まることが多いんだと言ってましたよ」

「そう言ってたのは、いつのことなんです?」

「三週間ぐらい前でしたね。アパートの真ん前で、ばったり新見さんと会ったんです。部屋には着替えの服を取りに戻ってくるみたいですよ」

「そうですか」

「きょうか明日あたり、新見さんは部屋に戻ってくるんじゃないかな。それはそうと、お隣さんは何か危《ヤバ》いことをやったんですか?」

「そういうことじゃなく、ただの聞き込みなんですよ。二〇一号室を借りてる明石さんとは面識がありますか?」

「ええ、知ってますよ。明石さんは新見さんの弟分みたいな方ですから、よく一〇五号室に出入りしてたんです。最近は姿を見なくなったから、きっと新見さんと行動を共にしてるんでしょうね」

「そうですか。ご協力、ありがとうございました」

村瀬は一〇四号室から離れ、外階段を使って二階に上がった。

明石の部屋のドアに耳を寄せる。室内に人のいる様子はうかがえない。部屋の主は留守なのだろう。

村瀬は二〇二号室のインターフォンを鳴らした。なんの応答もなかった。ついでに二〇三号室も訪ねてみたが、やはり留守と思われた。

村瀬は外階段を下《くだ》って、『弥生コーポ』の敷地から出た。

もしかしたら、新見たち二人が揃って自分の塒《ねぐら》に戻ってくるかもしれない。無駄を承知で、しばらく張り込んでみる気になった。

村瀬は専用捜査車輌に駆け寄った。

第五章　歪《ゆが》んだ野望

1

虚《むな》しく時間が流れた。

午後一時を過ぎても、新見と明石は帰宅する様子がない。これ以上粘っても、無駄だろう。村瀬はスカイラインのエンジンを始動させた。

その数秒後、上着の内ポケットに入れた私物のスマートフォンが着信した。発信者は亜季だろう。村瀬はそう思いながら、懐からスマートフォンを取り出した。発信者は赤坂署の橋場だった。

「村瀬の話が気になったんで、『ホープ・コーポレーション』の道元社長に探りを入れてきたんだ。どんな殺人《コロシ》にも関わってないと繰り返してたが、道元はなんか浮かない面をしてたな」

「そうか」

「都内のあちこちにある企業舎弟《フロント》に体格《ガタイ》のいい二人組が深夜に押し入って、一年ちょっと前から次々に現金《ゲンナマ》を持ち去ってるんだよ。そいつらはディスカウントショップや二十四時間営業のスーパーの売上金を強奪してるようなんだ。どの事件も未解決なままなんだよ」

「詳しくはわからないが、そのことは報道で知ってる。プロの窃盗グループの犯行《ヤマ》じゃないようだが、手口は鮮やかだったみたいだな」

「遺留品《リュウ》を現場にまったく落としてないから、おれはプロの仕業《しわざ》だと睨んでる。素人《トウシロ》が企業舎弟の金なんて強奪できないんじゃないか」

「とは限らないだろう。最近は半グレ連中がヤー公以上の凶行に及んでるし、素っ堅気も大胆な事件を起こしてるじゃないか」

村瀬は異論を唱《とな》えた。

「そうなんだけどな」

「生きにくい時代だから、捨て鉢になった堅気は法律なんか気にしなくなってるんだろう」

「そうなのかもしれないな。一連の現金強奪事件がある殺人事案と結びついてるんじゃないか。村瀬が関わってる殺人事件は何なんだ？　警察学校で同じ釜《かま》の飯を喰った仲なんだから、教えてくれよ。二人組のどっちかが反社会勢力と繋がってたら、くどいようだが、おれたち暴力団係《マルボウ》の守備範囲でもあるわけだからさ」

「おれは学生時代の友人が『ホープ・コーポレーション』の投資話に乗ってもいいのかどうか確かめたかっただけだよ。勘繰るなって」

「喰えない男だ」

　橋場が長嘆息して、通話を切り上げた。

　村瀬はスマートフォンを懐に戻し、車を走らせはじめた。数百メートル先のコンビニエンスストアで弁当とペットボトル入りの茶を買い、白金の日垣邸に向かう。

　目的地に着くまで五十分近く要した。スカイラインを日垣邸の石塀に寄せ、村瀬はごく自然に運転席から出た。通行人を装って、元ヒルズ族の自宅の前を通過する。

　日垣はカーポートで、フェラーリにワックスを塗り拡《ひろ》げていた。そのそばで、イングリッシュ・ポインターが寝そべっている。

　村瀬は少し先まで歩き、Uターンした。車の中に戻ると、弁当を食べはじめた。焼肉弁当はあまりうまくなかったが、残さずに胃袋に収めた。

　食後の一服をしていると、刑事用携帯電話《ポリスモード》が鳴った。村瀬は煙草の火を消して、ポリスモードを摑み出した。発信者は中尾課長だった。

「担当管理官の大林君の報告によると、日垣はネット通販大手『楽市《らくいち》』の笠原潤《かさはらじゆん》という経理部長、五十歳と六本木の会員制スポーツクラブで落ち合って密談してるらしいんだ」

「その会員制スポーツクラブは、どのへんにあるんです？」

「六本木三丁目二十×番地にあるらしい。『新東京フィットネスクラブ』という名で、入会金は五百万だという話だったな。笠原はビジターとして訪ね、スカッシュで汗をかいてからサウナ室に入ってるそうだよ」

「日垣は『楽市』の経理部長を抱き込んで、企業不正の証拠を流してもらってるんですかね。それで、企業恐喝をしてるんだろうか」

「捜査班はそこまで把握してないそうだが、笠原は夜ごと銀座の高級クラブを飲み歩いてるらしいから、日垣に金で抱き込まれて勤務先の極秘事項をリークしたんじゃないか」

「ええ、考えられますね。日垣は同じ手を使って大企業の部長クラスに飴玉《あめだま》をしゃぶらせて、各社の弱みを聞き出してるのかもしれませんよ。女と金に弱い男は少なくないでしょ？」

「だろうね。女といえば、『楽市』の笠原経理部長は銀座の『ミューズ』という高級クラブの若いホステスを愛人にしてるようだ。そのホステスの源氏名《げんじな》は千秋《ちあき》で、二十二歳らしいよ。『ミューズ』は七丁目の飲食店ビルの八階にあるそうだ。並木通りに面したバービルだという話だったな」

「日垣も、そのスポーツクラブに通ってるんですか？」

「いや、日垣は行ってないようだ。笠原を揺さぶってみれば、日垣がどんな手段で汚れた金を集めてるのかわかりそうだな」

「ええ、多分」

「逃げた新見と明石の行方は、まだ摑めてないんだね？」

「そうなんですよ」

村瀬は経過を手短に話した。

「二人とも警戒して、当分、自宅アパートには近づかないと思うな」

「そうでしょうね」

「日垣が自宅から出る気配はうかがえないのか？」

「ええ、いまのとこはね。夜まで外出しないようだったら、銀座の『ミューズ』に回ってみるつもりです」

「わかった」

中尾が先に電話を切った。

村瀬はポリスモードを所定のポケットに入れ、日垣邸の門に視線を定めた。いたずらに時間が流れ、午後五時を過ぎた。

日垣の自宅からベンツのマイバッハが滑り出てきたのは、午後六時二十分ごろだった。やっと捜査対象者が動きを見せた。待った甲斐があったわけだ。

村瀬はにんまりして、尾行の態勢《たいせい》に入った。

マイバッハが遠のいてから、専用捜査車輛をスタートさせる。超高級ドイツ車は滑るように走り、数十分後に千代田区一番町《いちばんちょう》にある豪邸の敷地内に消えた。

村瀬は豪邸の近くのガードレールの際《きわ》に車を停止させ、運転席から出た。

豪壮な邸宅の前まで進み、表札を見上げる。

堂珍《どうちん》という苗字は、ありふれたものではない。多分、かつて伝説の相場師と言われていた堂珍宗晴《むねはる》の邸《やしき》だろう。もう八十歳近いのではないか。

堂珍は景気が悪くなると、仕手筋《してすじ》として暗躍するようになった。大手企業や新興会社の株価を不正につり上げ、仮装売買などを繰り返して大きな利益を上げた。このように自作自演の株取引をする者たちは証券業界で〝仕手筋〟と呼ばれていた。

堂珍は相場操縦の主な違法株取引である仮装売買、馴《な》れ合《あ》い売買、買い上がりを巧みに使い分けて五百億円以上の利益を上げ、四年前に金融商品取引法違反（相場操縦）の疑いで警視庁に逮捕されて起訴された。

法改正で二〇〇九年以降に上場《じょうじょう》された株券はすべて電子化され、取引は秒単位で記録される。電子化に伴う株取引の高速化によって、相場操縦自体はしやすくなった。その分、違法取引の監視が強まり、仕手筋は減少したはずだ。

堂珍は上手に監視の目を潜って、三つのテクニックを駆使して儲けているにちがいない。

仮装売買とは、同一人物が特定の株について同時期、同価格で売り注文と買い注文を出して売買することだ。馴れ合い売買は、複数人が示《しめ》し合わせて特定の株を同時期に同価格で売買する行為である。

買い上がりとは、売り注文に対し連続して高値の買い注文を出し、株価を引き上げる行為だ。この三つの株取引は公正な価格形成を妨《さまた》げる恐れがあるから、違法になるわけだ。

だが、抜け道はあるらしい。

堂珍は金には不自由していないのではないか。おそらく相場操縦のスリルがたまらなくて、いまも仕手戦を展開しているのだろう。

日垣は仕手戦の手ほどきを伝授してもらいたくて、堂珍邸を訪れたのだろうか。大物仕手筋が、やすやすと他人に技《わざ》を教えるとは考えにくい。

日垣は汚れた金を堂珍に運用してもらって、元手を何倍、何十倍に膨らませる気なのではないか。むろん、堂珍にはそれ相応の謝礼金を払う約束なのだろう。

村瀬は体の向きを変え、スカイラインの中に戻った。

どうやら日垣は、自分を破産者に追い込んだ経済マフィアや会社乗っ取り屋に復讐したいだけではないようだ。以前のように大金持ちになりたいのではないか。

そうした野望自体は別に悪くない。しかし、非合法な手段で得たブラックマネーを元手にすることは問題だ。結局、日垣は金の亡者に過ぎないのだろう。

日垣のマイバッハが堂珍邸から走り出てきたのは午後九時過ぎだった。村瀬はスカイラインで追尾しはじめた。

マイバッハは数十分走り、六本木の『新東京フィットネスクラブ』の地下駐車場に潜った。村瀬は日垣に倣《なら》った。

広い駐車場には、国内外の高級セダンがずらりと並んでいる。通路を歩いているのは、売り出し中の男優だった。ハーフっぽい顔立ちの美女を伴っていた。

マイバッハはエレベーターホールに近い場所にパークされた。すぐに日垣は車を降り、エレベーター乗り場に向かった。

村瀬は中ほどの空いているスペースに車を入れ、静かに降りた。コンクリートの太い支柱や車に身を隠しながら、日垣を追う。

日垣が函《ケージ》に乗り込んだ。

村瀬はエレベーターホールまで駆け、階数表示盤を見上げた。ランプは一階で止まった。村瀬はエレベーターホールの真横にある階段を一気に駆け上がった。

日垣はクロークの前に立ち、従業員と何か話していた。村瀬は物陰に入り、日垣の動きを見守った。クロークを離れた日垣は奥のロッカールームに足を向けた。大股だった。

『楽市』の笠原がスカッシュコートで待っているのか。

五分ほど待つと、トレーニングウェアに着替えた日垣が現われた。スカッシュ用のラケットを手にしている。

日垣はロッカールームの先の通路を右に曲がった。村瀬は爪先に重心をかけて、日垣の後《あと》を追った。

右に折れると、左側に強化ガラスに区切られたスカッシュコートが五面並んでいた。日垣は最も手前のコートのドアを開けて、そのまま中に入った。

話し声は聞こえてこない。村瀬は少し間《ま》を置いてから、日垣のいるコートに接近した。覗き込む。日垣は壁面にボールを打ち込み、跳ね返ってくる球をラケットで打ち返していた。ほかに人の姿はない。『楽市』の経理部長と落ち合うことになっていないのか。

村瀬はクロークに引き返し、二十代後半に見える男性従業員に話しかけた。

「『楽市』の社員の者なんですが、ビジターの笠原はもう日垣さんとスカッシュをはじめてますか？」

「笠原さんは存じ上げてますが、きょうはこちらには見えていませんよ」

「あれっ、変だな。笠原部長はここに来ると言ってたんですがね」

「そうなんですか」

「日垣さんの今夜のメニューはどうなってるんでしょう？」

「スカッシュをやられた後は泳いで、それからサウナに入るとおっしゃってました」

「そうですか。それじゃ、会社《うち》の笠原は何か急用ができたんで、日垣さんのお相手ができなくなったみたいだな」

「そうなんでしょうかね」

「別のビジターの方が日垣さんのお相手をすることになってるのかな。有名な相場師の堂珍さんとも親しくしてるみたいですよ。堂珍宗晴さんも、ビジターのおひとりなんでしょう？」

「そういうお名前の方は、日垣さんが同伴されたことはありません」

「えっ、そうなのか。てっきり堂珍さんもビジターのおひとりだと思ってましたよ」

「日垣さんとご一緒にいらしたことがあるのは、税理士の……」

　従業員が途中で口ごもった。

「そのビジターはどなたなのかな？」

「個人情報になりますので、質問にお答えすることはできないんですよ。どうかご理解いただけないでしょうか」

「了解です。笠原部長は日日《ひにち》を勘違いして、こちらに来てるからなんて言ったんだな。スマホの電源が切られてたんで、急いで来てみたんですよ」

「何か緊急連絡がおありのようですね？」

「そうなんですが、仕方がありません。お騒がせしました」

　村瀬は詫びて、クロークに背を向けた。階段を下《くだ》って、スカイラインの車内に入る。

　日垣は税理士とも親しくしているようだ。ダーティー・ビジネスで得た所得は、税務署に申告しているわけない。どうして税理士に気を遣《つか》う必要があるのか。その理由がわからない。

　日垣は性質《たち》のよくない税理士と謀《はか》って、何かであこぎに稼いでいるのだろうか。現実離れした推測ではなさそうだ。

　日垣はここを出たら、どうするつもりなのか。行き先を見届けるべきだろう。

村瀬はポリスモードを取り出し、中尾課長に経過を伝えた。

「日垣は『楽市』の笠原経理部長を抱き込んで、ネット通販大手の不正の事実を教えてもらって、多額な口止め料をせしめてるんだろうな。新見と明石に恐喝の実行犯をやらせてるんだろう。二人の元格闘家が凄《す》めば、迫力があるにちがいない。会社側は企業不正を表沙汰にされたくないだろうから、数億、いや、十億ぐらい要求されても、払わざるを得なくなるんじゃないか」

「でしょうね。日垣は同じ手口で、多くの法人から巨額を脅し取ったとも考えられます」

「そうしたんじゃないのか。脅し取った金の総額は百億を超えてるんじゃないのかね」

「ひょっとしたら、二百億円以上なのかもしれませんよ。安定した大企業は、信じられないほどの内部留保をプールしてるようですから」

「そうらしいね。日垣が伝説の相場師の自宅を訪ねた目的は仕手戦で資産を増やしてもらいたいという気持ちよりも、東証マザーズ上場のネット関連会社の株を代理で買い集めてもらってるのかもしれないぞ。かつて日垣はベンチャービジネスで大成功を収めたんだから、企業経営には魅力を感じてるんじゃないのか」

「ええ、そうでしょうね。大株主になれば、経営に参加できるようになります。興味が薄れたら、持ち株を手放すこともできる。優良企業なら、高値で売却できます」

「どっちを選んでも、損はないわけだ。しかし、東証や大証《だいしょう》企業の大株主になるには途方もない資金が必要になる。日垣はありとあらゆる悪事を働いて、大会社の経営陣に加わりたいという野望に燃えてるんじゃないのか」

「そうなのかもしれません。日垣は『新東京フィットネスクラブ』に時々顔を出してるという税理士とつるんで、何かダーティー・ビジネスをやってそうだな」

「そうなんだろう」

「原付きバイクで日垣邸を訪れた若い男が凄腕のハッカーなら、それから強請の材料には不自由しないでしょう」

「だろうね」

「課長、里見理事官に捜二知能犯係が堂珍の動向を注視してるかどうか探りを入れてもらいたいんですよ。お願いできますか？」

「わかった。できるだけ早く理事官に情報を集めるよう指示しよう」

「お願いします」

「そうそう、捜査本部が妙な情報を入手したらしいんだ。日東テレビの丸岡報道局長が探偵を雇って、有馬議員の娘をなぜか尾行させてたそうなんだよ」

「なぜ、そんなことをさせてたんですかね。国会議員の娘のスキャンダルがあったら、局に圧力をかけてきた有馬に対抗する切札に使う気だったんでしょうか」

「そうなのかな」

「課長、有馬の娘は万引き依存症《クレプトマニア》でしたよね。正体不明の男はその弱みにつけ込んで、父親からヤミ献金のうち三億円をせしめてます。謎の人物は日東テレビの報道局長なのかもしれませんよ」

「いくらなんでも、そんなことは考えられないだろうが。なぜ丸岡を怪しむのかね？」

「丸岡局長は警察に全面的に協力してるわけではありません。部下の社会部長にこっちの動きを探らせたのは、何か疚《やま》しい点があるからなんでしょう。丸岡が何かで大金の調達を迫られてたとしたら、強請《ゆすり》を働いたとも考えられなくもないな。そのことを内海に知られたとしたら、部下を始末した疑いも……」

「あるかもしれないか」

中尾の声が途絶えた。村瀬はシートに凭《もた》れて、日垣が地下駐車場に降りてくるのを待った。

捜査対象者がマイバッハに乗り込んだのは、午後十時半ごろだった。超高級ドイツ車はすぐに発進し、スロープをスムーズに登り切った。

村瀬は車をスタートさせた。一定の距離を保ちつつ、マイバッハを追う。

意外なことに、日垣は寄り道はしなかった。まっすぐ白金の自宅に帰り、大きな家屋の中に消えた。

あまりのストイックぶりが信じられなかった。日垣は絶頂期は派手に遊び回っていた。ベッドを共にしてくれる女性は数十人はいたのではないか。

破産して生活苦に喘《あえ》いでいた時期は遊ぶ余裕はなかっただろう。だが、三年半ほど前から金回りがよくなったはずだ。それでも享楽的な暮らしは慎んでいるらしい。

日垣は大きな野望を遂げるまでは自分を強く律《りっ》しているのか。そうまでして、いったい何を摑みたがっているのだろうか。

村瀬はそんなことを考えながら、車を銀座に向けた。『楽市』の笠原経理部長が行きつけの高級クラブにいるかどうかわからないが、行ってみる気になったわけだ。

2

まだ営業中だった。

村瀬は『ミューズ』の黒いドアを押した。午後十一時過ぎだった。

黒服の若い男がにこやかに近づいてきた。

「いらっしゃいませ」

「ここは会員制クラブと聞いてるが、知り合いに常連客がいれば、飲ませてもらえるんだろう？」

「ええ」

「『楽市』の笠原経理部長は今夜も来てるんじゃないの？」

「あいにく今夜は見えていませんが、笠原さんとお知り合いの方なんですね」

「そうなんだ。佐藤《さとう》という者なんだが、入店させてくれないか」

「午後十一時五十分に閉店になりますが、それでもよろしいのでしょうか？」

「ああ、いいよ。千秋という美人ホステスがいるというんで、その彼女の顔を見に来たんだ。車だから、ノンアルコールのビールを飲んで早目に引き揚げるよ。席に案内してくれないか」

村瀬は黒服の男を促《うなが》した。

フロアは広かった。ボックスシートが八卓ほど据えられ、あらかた客で埋まっている。

ホステスは十七、八人いた。いずれも若くて、美しかった。

村瀬はトイレに近い席に案内された。

「この席しか空いていないので、申し訳ありません。別のテーブルが空きましたら、すぐそちらにご案内させていただきます」

「いいんだよ、ここで。千秋さんは接客中なんだろうな」

「ええ。ですが、お客さまの席につくようにします。ノンアルコールのビールでよろしいんですね？」

「それじゃ、商売にならないな。オードブルを適当に見繕《みつくろ》ってもらおうか」

「かしこまりました」

黒服の男が下がった。

村瀬は煙草に火を点けた。店内をさりげなく見回す。五、六十代の客が圧倒的に多い。有名企業の役員、会社経営者、医者、弁護士、公認会計士たちが常連客なのだろう。

煙草の火を消して間もなく、ボーイがノンアルコールビールと数品のオードブルを運んできた。飲みもので喉を湿らせたとき、黒服の男とホステスの千秋がやってきた。

千秋は華やかな印象を与えた。村瀬は偽名を使った。千秋が和紙の小型名刺を差し出してから、村瀬の横に浅く腰かけた。

「好きなカクテルでも……」

「お言葉に甘えて、アレキサンダーをいただきます」

「フルーツの盛り合わせを頼んでもいいよ」

村瀬は言った。だが、千秋は遠慮した。黒服の男が一礼し、ゆっくりと遠ざかった。

「『楽市』の笠原さんとお知り合いだそうですね？」

「そう。でも、こっちが『ミューズ』に来たことは笠原さんには内緒だよ。きみにちょっかいを出したと曲解《きょっかい》されたくないからさ」

「わたし、笠原さんとは特別な関係なんかじゃありません」

「隠すことはないじゃないか。きみが笠原さんの愛人だってことはわかってるんだ」

「えっ⁉」

千秋が顔面を引き攣《つ》らせた。

「笠原さんは経理部長だが、年収三千万とか四千万じゃないだろう。それに営業関係の部長職に就いてるわけじゃないから、それほど接待費は遣《つか》えないはずだ。サラリーだけじゃ、とても若い愛人の面倒なんか見られないんじゃないかな。きみも、そう思ってるんじゃないのか？」

「実家が金持ちで、給料以外の収入があるんじゃないかな」

「本当にそう思ってるの？」

村瀬は千秋の顔を覗き込んだ。

「お客さまは、『楽市』の総務の方か経済興信所の調査員の方なんじゃないんですか？」

「こっちが笠原さんの私生活を調べてるように見えたようだな」

「そうなんでしょ？」

「違うよ。おれは『楽市』に事務機器を納入してる会社で働いてるんだ」

「本当に？」

「ああ。笠原さんにはなんの恨みもないんだが、金回りがいいことが不思議で仕方なかったんだよ」

「そうなんですか」

千秋が口を閉じた。ボーイがカクテルを届けにきたからだ。

村瀬たち二人は軽くグラスを触《ふ》れ合わせた。ボーイがテーブルから離れる。

「もしかしたら、笠原さんは取引先の七、八社に水増し請求させて正規の支払い額との差額分を抜いちゃってるのかもしれないな。そうすれば、月に三百万円前後は得られるだろう」

「それって、横領でしょ？」

「そうなるな。法的なことはよくわからないが、きみが横領と知りながら、月々の手当を受け取ってた場合は何らかの罪になるんじゃないか」

「やっぱり、そうなのね」

「誰かに相談したことがあるようだな」

「実は数日前、わたし、常連の呉服屋をやってる方にパトロンのお金の出所のことで相談してみたんですよ」

「その常連客はどう言ってた？」

「笠原さんが架空取引で浮いたお金を着服してる疑いはゼロじゃないだろうって」

「その相談は、笠原さんがいないときに店でしたのかな？」

「そうじゃありません。先輩のホステスと仕事が終わったら、一緒に夜食を摂《と》ることになってるからと笠原さんには嘘をついて、呉服屋の大旦那が待つ路地裏の小料理屋さんに行ったんです」

「もし笠原さんにそのことを知られたら、別の常連客にアフターに誘われたと疑われそうだな」

「疑われたんですよ。笠原さんは閉店前《カンバン》に店を出たんですけど、どこかに隠れてたみたいなんです。それで、わたしが路地裏の小料理屋さんに入ったのを目撃したようなんですよ」

「その小料理屋で待ってたのは先輩のホステスじゃなくて、呉服屋の大旦那だったわけだ」

「ええ。でも、相談しただけで、わたしは先にタクシーで帰宅しました。だけど、笠原さんは別の日に呉服屋さんとホテルに行ったんじゃないかと怪しんだんですよ。呉服屋さんは若い時分はさんざん浮名を流したようですけど、もう八十五なんです。孫よりも若いホステスを口説《くど》く気にならないでしょ？　現にもう性機能は衰えたと店の大《おお》ママが証言してるんです」

「呉服屋の旦那と大ママはある時期、男女の仲だったんだね？」

「そうなんですよ。笠原さんもそのことは知ってるはずなのに、わたしが浮気したんじゃないかと疑ってるんです。数日、店に来ないし、メールの返事もないの」

千秋が溜息をついて、カクテルグラスを傾けた。

「笠原さんは、きみにぞっこんなんだろうな。だから、ジェラシーの炎が燃え上がっちゃった。そういうことなんじゃないか」

「わたしたち、相思相愛のカップルというわけじゃないんです。ストレートに言ってしまえば、パトロンと愛人の関係よね。銀座の女とは、もっとスマートなつき合い方をしてほしいわ」

「そう思ってるんだったら、笠原さんとは切れたほうがいいな」

「ええ、いい汐時《しおどき》かもしれませんね」

「チェックしてくれないか」

「ラストまでいてくださいよ」

「初めての客が、いきなりアフターに誘うわけにはいかないじゃないか。そんな野暮なことをしたら、笑い者にされちゃう」

「確かに粋《いき》じゃないけど、わたし、気分転換したくなったの。近くの『コージーコーナー』あたりで待っていただけるんでしたら、アフターにつき合いますよ」

「鮨《すし》をちょいと摘《つま》む程度じゃ、済まなくなるよ。こっちは酒を飲むと、無性《むしょう》に柔肌に触れたくなるんだ」

「成り行きでホテルに行くようになっても……」

「大人の対応ができるんだな。機会があったら、また会いに来るよ」

村瀬は卓上の煙草とライターを上着のポケットに入れた。

千秋が黒服の男を見ながら、片手を高く挙げた。待つほどもなく、黒服の男が飲み代をメモした紙片を持ってきた。

四万数千円だった。高級クラブにしては決して高くない。営業終了時刻まで四十分そこそこしかなかったから、〝学割〟扱いにしてくれたようだ。

村瀬は立ち上がった。見送りの千秋と一緒に店を出て、エレベーターで飲食店ビルの一階に下《くだ》る。

「きょうはありがとうございます。わたし、笠原さんと別れることになりそうですから、気が向いたら、『ミューズ』にいらしてください」

「期待しないで待っててくれよ」

「わかりました」

千秋がほほえみ、手を振った。

村瀬は土橋《どばし》に向かって歩きはじめた。五、六十メートル進んで、振り返る。もう千秋の姿は掻《か》き消えていた。

村瀬は逆戻りして、並木《なみき》通りに駐めてあるスカイラインに乗り込んだ。すぐにエンジンを唸《うな》らせ、『ミューズ』のある飲食店ビルの出入口が見通せる場所まで車を移動させた。

笠原が店の閉店時刻直前に現われ、愛人の行動をチェックする可能性もある。村瀬はしばらく様子を見ることにしたのだ。

数分後、中尾課長から電話がかかってきた。

「理事官が捜二知能犯係に探りを入れてくれたんだが、日垣が汚れた金を堂珍に預けて仕手を仕掛けてもらったかどうかは摑むことができなかったそうなんだよ」

「そうですか」

「それからね、大林管理官がちょっと気になる報告を上げてきたんだ。日垣邸の土地と建物の所有者は『慈愛の雫』になってるのは確認済みなんだが、東日本大震災の行方不明者の中に代表者と同姓同名の男がいるらしいんだよ。宮城県の女川町《おながわちょう》で津波に呑まれて、いまも〝山本吾朗〟の遺体が見つかってないんで、妻は死亡届を提出してないらしい。法務局の登記簿には、ちゃんと行方不明者の実印が捺《お》されてるというんだ」

「大震災から七年近くが経ってるんです。行方不明者はもう全員、亡くなってるんでしょう」

「宗教法人の代表者は二十年ぐらい前から夫婦仲が悪かったんで、離婚したがってたみたいなんだよ」

「奥さんのほうが別れたがらないんで、頭を抱えてたんだろうな。そんなときに大津波に呑み込まれたが、運よく返す波で押し上げられたんでしょうかね」

「そういうことは考えにくいが、全面的に否定はできないんじゃないのか」

「ええ、そうですね。他人になりすまして、行方不明者扱いされた山本吾朗は密かに宮城を離れて、どこかで生きてるんでしょうか」

「日垣は山本吾朗にまとまった金を与えて、『慈愛の雫』の代表にして自宅のダミー所有者にしたのかね。実印の印鑑登録証があれば、第三者が行方不明者の印鑑証明を交付してもらうことはできるはずだ」

「日垣が、その行方不明者の振りをしたと仮定してみましょうか。しかし、役場、特に法務局のチェックは厳しいでしょ?」

「民間人ばかりではなく、公務員にも金に弱い奴はいるだろう。日垣は職員を抱き込んで、自分の隠し資産が表に出ないように画策したのかもしれないぞ」

「そうなんですかね」

「大林君に行方不明者扱いされてた宮城の山本吾朗が『慈愛の雫』の代表と同一人物か調べてもらおう。村瀬君のほうに何か動きはあったのかな?」

「ええ、少し」

村瀬は経過をつぶさに報告し、ポリスモードの通話終了キーを押した。

それから間もなく、視線を向けている飲食店ビルから千秋が現われた。連れはいなかった。千秋は晴海《はるみ》通り方向に足早に歩きはじめた。数十メートル進んだとき、彼女が悲鳴をあげて立ち竦《すく》んだ。

暗がりから躍《おど》り出た五十年配の男に片腕を摑まれ、脇腹に刃物の切っ先を突きつけられたからだ。男は笠原だろう。

村瀬は車を降りた。

「呉服屋のじいさんとホテルに行ったんだろう！　おい、白状しろっ」

「笠原さん、手を放して。それから、果物ナイフを早く仕舞《しま》ってよ。そうしてくれないと、わたし、一一〇番するからねっ」

「よくそんなことが言えるな。わたしはだいぶ無理をして、マンションの家賃を払ってやってたんだ。月の手当の六十万のほかに、ブランド物の服やバッグをプレゼントしてきたじゃないか。その恩を忘れて、八十過ぎのじいさんと浮気しやがって」

「浮気なんかしてないわ」

「正直に本当のことを言わないと、このナイフで刺すぞ」

「パパ、頭を冷やしてちょうだい」

「いいから、わたしと一緒にタクシーに乗るんだ」

「わたしをどこに連れていく気なの？」

「とにかく、言われた通りにしろ！　わたしは虚仮《こけ》にされたんで、本気で怒ってるんだっ」

笠原が愛人の片手を強く引っ張った。千秋が足を縺《もつ》れさせ、その場に頽《くずお》れた。

村瀬は二人に駆け寄り、笠原の利き腕を捩《ねじ》上げた。

「誰なんだ？」

笠原が全身でもがいた。村瀬は無言で笠原の手から果物ナイフを捥《も》ぎ取った。

千秋がよろよろと立ち上がって、驚きの声を発した。

「あっ、佐藤さんじゃないですか」

「実はね、警視庁の者なんだ。店では、きみのパトロンの知り合いと言ったが……」

「やっぱり、パパは悪いことをしてたんですね」

「ああ、多分。どこも怪我してなかったら、自宅に帰ったほうがいいな。後日、警察の事情聴取を受けることになるだろうがね」

「わかりました」

千秋が語尾とともに駆け足で去った。

「本気で彼女を刺す気なんかなかったんだ。ちょっと懲《こ》らしめてやりたかったんだよ。あの娘《こ》、ほかの客と浮気をしたようなんだ」

「それは曲解だろう。とりあえず、あんたを銃刀法違反及び拉致《らち》未遂で現行犯逮捕する」

「冗談じゃない」

笠原が抗《あらが》った。村瀬は押収した果物ナイフをベルトの下に差し込み、笠原に後ろ手錠を掛けた。

「逮捕状を見せろ！」

「あんた、ばかか。さっき現行犯逮捕すると言っただろうが！　歩け、歩くんだっ」

村瀬は笠原の肩を押し、スカイラインの後部座席に乗せた。すぐに笠原の横に乗り込み、ドアを閉める。

「黙秘権を行使する。その前に知り合いの弁護士に電話をさせろ」

「駄目だ」

「おい、わたしは『楽市』で部長職に就《つ》いてるんだぞ」

「あんたのことは調べがついてる。経理部長のポストに就いてるんで、会社の金はいくらでも抜けたわけか」

「なんの根拠があって、わたしを横領犯扱いするんだっ。無礼すぎるぞ」

「あんたは年に一千数百万の収入は得てるんだろうが、その程度の稼ぎで若い愛人なんか囲えるわけがない」

「千秋、いや、小室由衣《こむろゆい》が手当の額をおたくに喋ったのか!?」

「さっき月々六十万の手当を渡してると喚《わめ》いてたじゃないか。愛人のマンションの家賃を肩代わりして、いろんなプレゼントもしてると腹立たしげに言ってたよな？」

「わたしの親父《おやじ》は資産家なんだよ」

「五十にもなった倅《せがれ》が毎月、数百万円の小遣いを親から貰ってる？」

「そう、そうなんだよ。だから、サラリーマンを辞めても生活には困らない」

「そんな嘘が通用すると思ってるのかっ。ふざけるな！」

「…………」

笠原が黙り込んだ。

「ホステスを愛人にしてることを家族や会社の連中に知られたら、都合悪いだろうが。え？」

「刑事が脅迫じみたことを言ってもいいのかっ。民主警察が泣くぞ」

「あんたは、取引先に水増し請求をさせて差額分を懐に入れてるんだろう？　架空取引を計上して、その分はそのままネコババしてた疑いもあるな」

「臆測や推測で、わたしを犯罪者のように言うのは人権問題じゃないか。いい加減にしないと、告訴するぞ」

「告訴したら、愛人のことはもちろん、日垣玲太の悪事の片棒を担《かつ》いでる事実も隠しようがなくなるぞ」

「あっ、そうか」

「あんたが『新東京フィットネスクラブ』によく通ってることも把握してるんだよ、日垣会員のビジターとしてな」

「…………」

「急に日本語を忘れちゃったか。あんたは会社の金を着服してるのを日垣に知られて、『楽市』の企業不正の証拠を集めろと脅されたんだろうな。あんたの横領に気づいたのは、日垣に雇われた二十代の天才的なハッカーなんだろう？」

「難波《なんば》、難波宏行《ひろゆき》のことまで調べ上げてたのか。まいったな」

「本庁のサイバー対策課がそのハッカーを検挙《アゲ》れば、あんたがどんなに日垣を庇《かば》っても無駄だぞ。元ヒルズ族の日垣はなんとか復活したくて、ダーティー・ビジネスで巨額を調達する気になったんだろう」

「会社を売るようなことはしたくなかったんだが、架空取引の仕入代金をそっくり横領して、宅配業者からもリベートを貰ってたことを難波の奴に知られてしまったんで、日垣の言われるままに……」

「『楽市』の企業秘密や犯罪事実を日垣に流してたんだなっ」

「うん、まあ。一度だけ協力するつもりだったんだが、日垣は多額の謝礼をくれたんで、その後もリークしつづけることになってしまったんだよ」

「日垣はハッカーの難波に大企業や急成長中の会社の弱みを探らせ、元格闘家の新見と明石に強請《ゆす》らせてきたんだろ？」

村瀬は訊いた。

「そこまで調べがついてるのか。そうだよ。格闘家崩れたちは売上金やブラックマネーを強奪するだけじゃなく、有名企業から億単位の口止め料をせしめた」

「その二人は板橋のアパートに月に一、二回帰る程度で、いつもは日垣が用意した隠れ家《かくが》に潜伏してるんだなっ。潜伏先はどこなんだ？」

「そこまで知らないよ、わたしは」

「ま、いいさ。日垣は伝説の相場師の堂珍に汚れた金を預けて、仕手戦でさらに儲けようとしてるんだろ？」

「そのことは知らなかったよ。そうなのか」

「あんたのほかに、ダーティー・ビジネスに協力してる悪徳税理士がいるはずだが……」

「川路能久《かわじよしひさ》という税理士は俗に〝脱税請負人〟と呼ばれて、中小企業のオーナー社長や個人の資産家に大事にされてるらしいが、わたしは一面識もないんだ」

「そう。日垣の自宅に宮城訛《なまり》の男が出入りしてないか？」

「そんな男はいないと思うが、よくわからないな」

「日垣は日東テレビ報道局社会部の記者に張りつかれてたはずなんだ。その内海記者は去年の十二月中旬の早朝、新宿区内で殺害された」

「でも、日垣は殺人事件には絡んでないだろう。ベンチャービジネス界で奇跡の復活をしたいと、事あるごとに言ってたが……」

「そうか」

「わたしはどうなるんだ？」

「いま上司に指示を仰ぐよ」

村瀬は言って、懐から刑事用携帯電話を摑み出した。

3

検索のワードを打ち込む。

ノートパソコンのディスプレイに川路税理士事務所のホームページが表示された。所長の川路の顔写真も載っていた。

村瀬は川路の経歴から読みはじめた。

自宅マンションの居間だ。笠原を逮捕した翌日の午前十時前である。中尾課長の指示で、笠原の身柄は本庁捜査二課にまず引き渡した。被疑者はいったん留置され、今朝《けさ》八時半過ぎから取り調べられているはずだ。

川路能久は五十四歳で、名門私大の商学部を卒業している。税理士事務所に就職し、二十六歳で税理士の資格を取得した。独立して税理士事務所を開いたのは三十一歳のときだった。

相当な野心家なのだろうが、柔和な面立《おもだ》ちだ。卑《いや》しさは感じられない。主に中小企業や新興会社の顧問を務めているようだ。

笠原の証言によれば、川路は〝脱税請負人〟として暗躍しているらしい。顧問料だけでは旨味がないので、脱税指南で高額の謝礼を得ているのだろう。それを裏付けるようにオフィスは虎《とら》ノ門《もん》に構えている。従業員は二十三人と少なくない。

川路は金銭欲が強いのだろう。それで、日垣のダーティー・ビジネスに協力する気になったのではないか。

川路は日垣と組んで、高額脱税をしている中小企業のオーナー社長や新興会社の経営者から多額の口止め料をせしめているのかもしれない。そうだとすれば、川路は腹黒い。

税理士本人が顧問先を強請るような真似はしていないはずだ。日垣に協力を求め、格闘家崩れの新見と明石に汚れ役を演じさせているのだろう。

狡《ずる》い悪人どもは、決して自分の手は直《じか》に汚さない。卑怯者ばかりだ。村瀬は、そうした連中を軽蔑していた。敵視さえしている。

コーヒーテーブルの上で、刑事用携帯電話《ポリスモード》が着信音を発しはじめた。

村瀬はポリスモードを手に取った。発信者は中尾捜査一課長だった。

「少し前に捜二の取り調べが終わったそうだ。笠原は観念して、横領に関することは全面自供したよ。着服の手口は村瀬君の報告通りだった」

「横領の総額は？」

「自分でも鮮明には記憶してないそうだが、二億は下らないと供述したという話だったな」

「日垣に雇われてる難波という名うてのハッカーに笠原は横領のことを見抜かれたと言ってましたが……」

「同じ供述をしたらしいよ。日垣は笠原の弱みにつけ込んで、『楽市』の不正の証拠を集めさせたそうだ。只働きさせられたわけではなく、笠原は協力の謝礼を日垣から貰ってたようだね。トータルで、七、八千万円にはなるだろうと言ってたという話だったよ」

「日垣は『楽市』に企業不正の証拠を高額で買い取らせてたんでしょ？」

「そう。『楽市』は、日垣が指定した他人名義の数十の銀行口座に総額で五百億円ほど振り込んだらしい。日垣は、その金で十数人の他人名義でベンチャー関連会社の株を買い集め、最終的には『楽市』の筆頭株主になることを夢見てるようだと笠原は供述したそうだよ」

「そうですか」

「ただ、腑《ふ》に落ちないことがあると笠原は言ったらしいんだ」

「腑に落ちないことというのは？」

「日垣は『楽市』の経営権を握ることを夢見ながらも、出版社、日刊紙、放送局、インターネットテレビ局、ゲームソフト、アプリ関連会社の株も他人名義で買い集めてるそうなんだ。『楽市』の筆頭株主になるには何千億の資金が必要なんじゃないのか」

「でしょうね。いまや『楽市』は大企業になりましたから、日垣にメディア関連会社の株を買い集める余力はないと思います」

村瀬は言った。

「そうだろうね。誰かが日垣をダミーにして、メディア関連会社の株を買い集めさせてるんだろうか。村瀬君、どう思う？」

「ええ、考えられますね。マスコミを支配したい法人か個人がダーティーな手段で得た巨額でメディア関連会社の株を買い占める気なのかもしれませんよ」

「なるほど、考えられそうだな」

「課長、こんな筋読みはできませんか。マスコミを牛耳《ぎゅうじ》りたいと考えてるかもしれない日東テレビの丸岡報道局長が自己破産した日垣を焚《た》きつけてダーティーな手口で復活の資金を調達させ、さらに悪知恵を授《さず》けてやった。それだけじゃなく、一連の悪事の絵図《えず》を画《か》いたのかもしれませんよ。単なる臆測ですがね」

「そうだったとしたら、日垣はアンダーボスってことになるな。黒幕《ビッグボス》が丸岡だとしたら、内海の事件にタッチしてそうだね」

「もしかすると、丸岡もアンダーボスにすぎなくて、別の者が真の黒幕なのかもしれないな。それはそうと、笠原の身柄《ガラ》を捜一《うち》に移すんですか？」

「そうしたら、日垣は自分が記者殺しで疑われはじめてると警戒するんじゃないのかな」

「ええ、そうでしょうね」

「そう考えたんで、笠原を銃刀法違反及び拉致未遂で送検できるわけだが、差し当たって捜二で横領で送検してもらうことにしたよ」

「そうですか。こっちは、これから川路税理士の動きを探《さぐ》ってみます。悪徳税理士は日垣と結託して、多額の脱税をしてる中小企業のオーナー社長や新興会社から高額な口止め料を脅し取ってる疑いがありますんで」

「そうだな。よろしく頼むよ」

課長が電話を切った。

村瀬は身仕度をすると、自分の部屋を出た。エレベーターで地下駐車場に下り、スカイラインに乗り込む。

村瀬は虎ノ門をめざした。

目的の場所に着いたのは小《こ》一時間後だった。幹線道路ばかりか、裏通りも渋滞していた。それで、時間がかかってしまったのだ。

川路税理士事務所は、大通りから少し奥に入った脇道に面した雑居ビルの三階にある。ワンフロアを借りているようだ。

村瀬は雑居ビルの近くの路上に駐めた。それから数分後、スカイラインの後方にミニパトカーが停止した。所轄署の交通課のミニパトカーだろう。

軽四輪車から制服をまとった若い女性警察官が降り、スカイラインに歩み寄ってきた。

村瀬は運転席側のパワーウインドーを下げた。

「お気づきにならなかったんでしょうか？　この通りは夕方まで路上駐車できないんですよ」

二十代半ばと思われる女性警察官が、申し訳なさそうに告げた。

「わかってたんだ」

「それでは、故意に違反されたわけですね」

「同業なんだよ」

「えっ⁉」

「警視庁捜一の者なんだ」

村瀬は警察手帳を短く見せた。

「どうも失礼しました。張り込み中なんですね。相棒の方は？」

「ちょっと喰い物を買いに行ったんだ。じきに戻ってくるだろう」

「そうですか。凶悪犯罪の内偵なんでしょうね。何かお手伝いできることがありましたら、申しつけください」

「ありがとう。特に困ってることはないな」

「わかりました。失礼します」

相手が最敬礼して、ミニパトカーに駆け戻った。単独行動に見えたから、訝《いぶか》しく思われたのだろう。

村瀬はパワーウインドーを上げた。

ミニパトカーが走り去った。村瀬は私物のスマートフォンを使って、川路税理士事務所に偽電話をかけた。

所長の川路はオフィスにいた。村瀬は張り込みを開始した。午前中は何も動きはなかった。陽《ひ》が落ちたら、白金の日垣邸に回る予定だ。

　中尾課長が電話をかけてきたのは、午後二時半過ぎだった。

「東日本大震災で行方不明になった山本吾朗は運よく自力で陸《おか》に這い上がって、どこかでひっそりと暮らしてたわけじゃなかったよ。捜査本部の捜査班の二名が女川町に飛んで、山本吾朗の妻の敏江《としえ》に会ったそうだ」

「そうですか。で、奥さんはどう言ったんです？」

「一年半ぐらい前に日垣が仮設住宅に訪ねてきて、旦那が寄せ波で陸地に打ち上げられたことにしてもらえないかと頼まれたというんだ。つまり、山本吾朗は生きて別の場所で単身で生活してることにしてほしいと言われたらしいんだよ。唐突な願いごとなんで、山本敏江は断ったそうだ」

「当然でしょうね」

「すると、日垣は持参した紙袋を差し出したらしいんだ。紙袋の中には、帯封の掛かった百万円の束が十束入ってたらしい。それは、『慈愛の雫』の代表として名義を借りる謝礼で、日垣が購入を検討してた白金の豪邸を宗教法人が所有権を得たという形にしてもらえれば、さらに二千万の謝礼を払うからと喰い下がられたみたいなんだ」

「津波に家を流されて、仮設住宅で暮らしつづけるのは辛いでしょう」

「山本夫妻は六十近いからね。奥さんは三千万の臨時収入が得られるならと、夫が生還したという作り話に協力する気になったそうだ」

「そうだったんですか」

「協力といっても、奥さんは旦那の健康保険証、運転免許証、実印の登録証なんかを日垣に渡しただけらしいよ。不動産の所有権移転に関する手続きは日垣が自分でやったんだろう」

「そんな面倒なことをしたのは、破産者が急に金持ちになったと怪しまれたくなかったんでしょうね」

「ああ、そうなんだろう」

「破産者の日垣は非合法な手段で調達した汚れた巨額の大半を口座屋から買い集めた多数の他人名義に入れて、香港《ホンコン》あたりでマネーロンダリングした後《あと》、スイスかオーストリアの銀行の秘密口座に移したんじゃないですか。そうした金を堂珍に仕手で膨らませてもらい、ベンチャー関連会社や『楽市』の株を買い漁ってるんでしょう」

「村瀬君の読みは正しいと思うよ」

「ただ、日垣をダミーにしたと思われる法人か個人が透けてきません。黒幕は日垣にメディア関連会社の株も買い集めさせてるようです。そのことが謎を解くヒントになると思うんですがね」

「最近の若い世代はネットでニュースを観《み》て、音楽やゲームを愉《たの》しんでる。ネット配信のテレビの視聴者が増えてるそうじゃないか」

「そうですね。全国ネットのテレビ、新聞は広告主の顔色をうかがってるようなとこがあります。受信料だけで運営してるＮＨＫにしても、政府の意向は無視できないんじゃないですか」

「政府筋からＮＨＫにやんわりと圧力がかかったと思えることが過去に幾度かあったな」

「そうでしたね。顔の見えない黒幕は、既成のマスメディアの優等生ぶりがテレビや新聞離れを引き起こしたと分析して、表現や報道をもっと自由な形にしたいと考え、幾つかの新聞社やテレビ局の経営に参画する気でいるのかもしれませんよ。こじつけと思われるでしょうが、日東テレビの丸岡報道局長がそうした思いに駆られていても……」

「そうした野望を叶えるのは、きわめて難しいんじゃないのか。ほとんどのマスコミは広告収入がなければ、事業は運営できない。ＮＨＫは受信料で賄《まかな》ってるがね」

「メディアが自由に表現したいんだったら、企業広告無しで、客から購読料、受信料、会費を貰うほかないでしょう」

　村瀬は言った。

「わたしもそう思うよ。しかし、資本主義の国でヒモ付きでないメディアは成立するだろうか。少数の読者や視聴者が付いただけでは、とても商売にはならないはずだ」

「そうでしょうね。大金持ちが自分の金をはたいて、真に自由で中立な報道をしたいと採算を度外視してるんだったら、十年か二十年は保《も》つかもしれませんが……」

「アメリカのＩＴ長者、有名投資家は巨額を社会に寄附してるが、日本人の富裕層はそこまでスケールが大きくない。保有資産の額がまるで違うから、途方もない額の寄附なんかできないだろう」

「ええ、無理でしょうね。事業資金がないなら、ダーティーな手段で工面《くめん》するほかありません。一度破産した日垣は肚《はら》を括《くく》って、汚い方法で復活する気になりました。といっても、元ヒルズ族がメディアを支配したいとは思わないでしょう。日垣を唆《そそのか》した疑いのある正体不明の黒幕は汚れた金を貯えて、言論機関を牛耳りたいと願ってるんじゃないでしょうか」

「本気でそう考えてるんだろう。それで、アンダーボスの日垣に幾つかのメディアの株を買い集めさせてるわけか。言論の自由を貫きたいという志《こころざし》は立派だが、犯罪絡みの金でメディアを支配したいなんて考えが間違ってるよ」

「ええ、歪《ゆが》んでますね。マキャベリズムも甚《はなは》だしいな。正義の名を借りた〝暴走〟です。

身勝手すぎる。社会正義を云々《うんぬん》する資格はありませんよ」

「日垣をけしかけたと思われる謎の黒幕は自分ら、あるいは自分は特別な人間だと思い上がってるんじゃないのかね。わたしが最も嫌いなタイプだな」

課長が苦々しげに言葉を吐いた。

「こっちも、そういう人間は苦手です。去年の十二月に殺害された日東テレビ報道局社会部の内海記者は日垣の悪事の証拠集めをしてるうちに、共犯者というか、黒幕がいることを突きとめたんではないでしょうか」

「そうなら、内海殺しの首謀者は日垣とは限らないわけだ」

「ええ。日垣が元格闘家の新見に内海を始末させた疑いはありますが、黒幕が捜査本部事件に関与してるのかもしれません」

「そうだね。笠原はそこまで知らないようだから、いっそ日垣に任意同行を求めるか」

「課長、それは待ってくれませんか。捨て身になった日垣を問い詰めても、一連の犯行を素直に認めるとは思えませんので」

「そうだろうね」

「日垣をもう少し泳がせないと、背後のビッグボスに逃げられてしまうでしょ？」

「そうだろうな」

「川路がどこまで日垣たちの悪事を知ってるのか察しがつきませんが、悪徳税理士の動きを少し探ってみたいんですよ」

「わかった。そうしてくれないか」

「了解です」

村瀬は通話を切り上げ、雑居ビルの出入口に目を向けた。

雑居ビルの地下駐車場から黒いシーマが走り出てきたのは、午後四時ごろだった。村瀬は運転席を見た。ステアリングを操っているのは川路だった。ホームページに掲げられた写真よりも、少し若く見える。

村瀬はシーマを尾《つ》けはじめた。

常に数台の車を挟んで、用心深く追尾する。シーマは新橋《しんばし》方向に進み、第一京浜に乗り入れた。川路の車は大森東《おおもりひがし》交差点を左折して平和島《へいわじま》公園の横を通過し、東京港《とうきょうこう》野鳥《やちょう》公園を回り込んだ。

村瀬は追った。

シーマは大田市場の脇を走り抜け、東京湾の手前の城南島《じょうなんじま》に達した。細長い城南島緑道公園の中ほどで、川路の車は停まった。その前方には、白いワンボックスカーが見える。

ワンボックスカーの横には、二人の大男が立っていた。

新見と明石だった。川路がシーマの運転席から降りた。蛇腹の書類袋を手にしている。

元格闘家たちが相前後して頭を下げ、川路に駆け寄った。

川路が新見に何か言い、書類袋を手渡した。川路が踵《きびす》を返し、シーマに乗り込んだ。

どちらをマークすべきか。村瀬は一瞬、迷った。川路の車が走りはじめた。新見たちの動きを探ることに決めた。

村瀬はワンボックスカーのナンバープレートの数字を読み、手早く端末を操作した。ナンバー照会の結果、ワンボックスカーは盗難車であることが判明する。

いつの間にか、シーマは見えなくなっていた。金髪の明石がワンボックスカーの運転席に入った。スキンヘッドの新見は助手席に坐った。

ワンボックスカーはすぐ発進した。村瀬はたっぷり車間を取ってから、スカイラインを走らせはじめた。

ワンボックスカーは緑道公園を迂回《うかい》し、城南島を後《あと》にした。第一京浜に出ると、大森署前の二股《ふたまた》を右に進んだ。村瀬は尾行しつづけた。

ワンボックスカーはしばらく道なりに走り、右折してＪＲ蒲田《かまた》駅方向に進んだ。どこに行くのか。

川路が新見に渡した書類袋の中身は、悪質な脱税を裏付けるものだったのではないか。おそらく新見と明石は、中小企業のオーナー社長あたりから口止め料の類《たぐい》を受け取りに行くのだろう。

蒲田駅の数百メートル手前で、ワンボックスカーは精密機器会社の敷地内に入った。村瀬は車を路肩に寄せ、社名プレートを見た。『共和《きようわ》機器』と読める。社有地は三百坪ほどだろうか。

奥まった場所に四階建ての社屋があり、手前は駐車場になっていた。ワンボックスカーは表玄関の斜め前あたりにパークされている。

十分ほど過ぎると、大柄な二人組が社屋から現われた。

新見は書類袋を持っていなかった。代わりにビニールでコーティングされた紙袋を提《さ》げている。だいぶ重そうだ。中には札束が収まっているのだろう。口止め料をせしめたにちがいない。

明石がワンボックスカーの運転席に腰を沈めた。新見は手提げ袋を後ろのシートに置いてから、助手席に乗り込んだ。

村瀬はワンボックスカーを追跡した。

ワンボックスカーは国道一号線に出ると、直進しつづけた。西湘《せいしよう》バイパスをたどり、早川《はやかわ》のあたりで国道一三五号線に入る。さらに真鶴《まなづる》ブルーラインを進み、真鶴半島の付け根から丘陵地に向かった。

村瀬はスモールランプを頼りに追いつづけた。外は真っ暗だ。運転しにくい。

ほどなくワンボックスカーが古びた民家の庭先で停止した。ライトが消され、エンジン音も熄《や》んだ。

二人の大男はワンボックスカーから出ると、暗い民家の中に入った。すぐに電灯が点《つ》いた。

村瀬は林道にスカイラインを駐めて、古ぼけた民家に足を向けた。

平屋で、さほど大きくない。間取りは２ＤＫか、せいぜい３Ｋだろう。近くに民家は見当たらなかった。

二人の元格闘家とまともに組み合ったら、勝ち目はなさそうだ。村瀬はシグ・ザウエルＰ230ＪＰを握ってから、玄関のガラス戸を叩いた。声は出さなかった。

「日垣さんですか？　それとも、川路さんなのかな」

明石の声だ。村瀬は沈黙したままだった。

「もしかしたら、川路さんはおれたちが集金した二千万を持ち逃げしたのかもしれないと思ったのかな」

「………」

「黙ってないで、何か言ってくださいよ。いま玄関戸を開けます」

明石が言って、ガラス戸を勢いよく開けた。村瀬は三和土《たたき》に踏み込んで、銃口を明石に向けた。安全弁はまだ外していない。

「おまえら、青山霊園からうまく逃げたな」

「あっ、てめえは！」

明石が後ずさりながら、新見に救いを求めてきた。

奥の居室《きょしつ》から、スキンヘッドの男が飛び出してきた。

「おれは刑事だ。二人とも床《ゆか》に坐って、両手を頭の上で重ねろ！」村瀬はガラス戸を閉めた。

「警察手帳を見せてくれや」

明石が言った。

新見は目で間合いを測《はか》っている。チャンスがあれば、組みついてくる気なのだろう。

村瀬は警察手帳を呈示し、シグ・ザウエルＰ230ＪＰの安全弁を外した。

「お巡りは、やたら発砲できねえんだよな」

新見が言った。

「そうだが、おまえら二人に組みつかれて拳銃を奪われそうになったことにすれば、正当防衛は成立する」

「撃つなよ。おれたちだって、飛び道具にはかなわねえからな」

明石が先に胡坐《あぐら》をかいて、両手を頭の上に載せた。新見が毒づいてから、村瀬の指示に従った。

「おまえらが日垣の下働きをしてることは、もう調べがついてる。恐喝を重ね、おまえは日東テレビの内海って記者の頭を十五ミリのスチール弾球で撃ち殺したんじゃないのかっ。そっちはスリングショットを武器として持ち歩いてるからな。青山霊園では、このおれも狙った」

「ビビらせてやろうと思って、強力パチンコを使ったんだよ。けど、おれは誰も殺しちゃいねえ」

「殺された内海記者は、日垣が汚いことをやって荒稼ぎしてる証拠を押さえようと身辺を嗅ぎ回ってた。日垣には殺人動機があるわけだ？」

「そうだろうが、おれも明石も日垣さんから都合の悪い奴を始末してくれなんて頼まれたことはないぞ」

「新見さんは嘘なんて言ってないよ」

明石が加勢した。

「おまえは黙ってろ」

「くそったれ！」

「おれを怒らせたら、こいつをわざと暴発させるぞ」

村瀬は明石を睨《にら》みつけ、手早くスライドを滑らせた。初弾を薬室《やくしつ》に送り込んだのだ。後《あと》は引き金《トリガー》を絞れば、銃弾が放たれる。

「日垣さんは、その報道記者をうるさがってたみたいだから、殺し屋を雇ったのかもしれないな。でもさ、おれは殺人事件に絡んでないって。破格の報酬を貰えるんで、明石と現金強奪や恐喝なんかはやったけどな」

「質問を変えよう。日垣は非合法な手段で巨額を手に入れ、相場師の堂珍に仕手をやらせて金を増やしてる。そして、ベンチャー関連会社や『楽市』の株を買い集めてるよな？」

「そうみたいだけど、おれたちはよく知らないんだ」

「さらに日垣はメディア関連会社の株を買い集めてるようだが、黒幕に頼まれたんじゃないのか？」

「日垣さんにバックがいるの⁉ おれは黒幕なんていないと思ってたがな」

新見が言って、横の明石を見た。明石が二度、短くうなずいた。

「後は別の刑事に取り調べてもらう。二人とも腹這《ば》いになれ！」

村瀬は拳銃を左手に持ち替え、右手で上着の内ポケットを探った。

4

見覚えのあるシーマが目に留《と》まった。

虎ノ門にある雑居ビルの地下駐車場だ。川路は自分のオフィスにいるにちがいない。

村瀬は真鶴で新見と明石の身柄を捜査二課の捜査員に引き渡すと、先に東京に舞い戻った。税理士の川路に罠を仕掛けて、追い込むつもりだ。

村瀬は地下駐車場を見回した。

人の姿は見当たらない。村瀬は私物のスマートフォンを懐から掴み出して、川路のオフィスに電話をかけた。受話器を取ったのは若い女性だった。

「はい、川路税理士事務所です」

「このビルにオフィスを構えてる者なんですが、黒いシーマはおたくの車ですよね？　リア・ウインドーにＶＩＰという文字が入ってるシーマです」

「それは、うちの所長の車です。シーマがどうかしたんですか？」

「アイスピックか何かで車体《ボディー》を傷つけられてますよ。タイヤもパンクさせられてたな。器物損壊で一一〇番したほうがいいでしょう。その前に被害状況を目で確かめたほうがいいな」

「ご親切にありがとうございます。すぐに所長に伝えます。あのう、お名前を教えていただけますでしょうか」

「当たり前のことをしただけですよ」

村瀬はそう言い、電話を切った。スマートフォンを懐に戻し、シーマの背後に屈《かが》み込む。

少し経《た》つと、エレベーターホールの方から足音が響いてきた。小走りだった。川路能久だろう。

靴音が熄んだ。村瀬は勢いよく立ち上がった。川路が険《けわ》しい表情になった。

「車は傷つけられてないじゃないか。いたずら電話で、わたしをここに誘《おび》き出したんだなっ」

「そうだよ。あんたは多額の脱税をしてる蒲田の『共和機器』に元格闘家の新見と明石を行かせて、二千万の口止め料を受け取らせたな」

「な、何を言ってるんだ⁉」

「言い逃れはできないぞ。あんたはシーマで城南島に出向き、持ってた蛇腹封筒を新見たちに手渡した。中には、脱税を裏付ける書類が入ってたんだろう」

「わたしは、朝から事務所にいた。城南島には行ってないっ」

「あんたと新見たちが緑道公園の脇で立ち話をしてるとこを動画撮影してるんだよ」

村瀬は作り話をした。

「なんだって⁉」

「二千万の口止め料を受け取った新見たちは盗難車のワンボックスカーで西へ向かい、真鶴の隠《かく》れ家《が》に消えた。平屋の古ぼけた民家だった。あの隠れ家は、日垣が用意したのかな。それとも、あんたが借家を見つけたのか？」

「………」

「答えたくないか。空とぼけようとしても、無駄だぞ。こっちは新見と明石を検挙して、本庁捜査二課の係員に引き渡したんだ」

「えっ」

川路が身を翻し、スロープに向かって走りだした。

村瀬は走路に飛び出し、すぐさま川路を追った。逃げ足は遅い。造作なく追いついた。

村瀬は川路を引き倒した。川路がもがく。

「くそっ、刑事だったのか」

「おとなしくしないと、恐喝教唆に公務執行妨害も加わるぞ」

「もう暴れないよ」

「そうしろ」

村瀬は川路を摑み起こし、FBI型の警察手帳を呈示《ていじ》した。

「偽刑事じゃないな。わたしは得意先の脱税を強請の材料になんかしたことないっ。大事な客を裏切るような真似はしないよ」

「まだ粘る気か。あんたが中小企業のオーナー社長たちや成長中の新興会社に脱税指南をして、多額の指南料を貰ってることはわかってる」

「………」

「その上、脱税の事実を恐喝の種《ネタ》にしてるんだから、あくどすぎるな」

「わたしは日垣に弱みを握られて、悪事の片棒を担《かつ》がされてるにすぎないんだよ」

「日垣に雇われてる難波というハッカーに脱税指南してることを知られてしまったのか?」

「それだけではないんだ。ほかにも……」

川路が言い澱《よど》んだ。

「喋りにくいことがあるようだな?」

「うん、まあ」

「覆面パトカーの中で、ゆっくり話を聞こうか」

村瀬は川路をスカイラインまで歩かせ、先に後部座席に押し入れた。すぐに自分も横に乗り込む。

「脱税指南のほかに何か危《ヤバ》いことをやってたんだな？」

「そうなんだ。三年前から去年の春ごろまで、わたしはインドネシア、ベトナム、ミャンマーの元研修生たちを使って、秘密の獣姦ショーを開いてたんだよ。農業や縫製の研修生たちは安い賃金で働かされてるんで、研修先から逃げる子たちが少なくないんだ」

「逃亡した研修生たちは、もっと日本で多く稼ぎたいと思ってるんだろうな。研修先から逃げた外国人研修生が七、八千人いるようじゃないか」

「正確な数字は知らないが、かなり多いだろうな。その元研修生たちは飲食店、水産加工会社、町工場なんかで不法に働いてるんだが、大きく稼げるわけじゃない」

「そうだろうな」

「わたしは探偵に元研修生たちの潜伏先を突きとめさせて、高いギャラを払うから……」

「獣姦ショーに出てくれないかと交渉したんだな？」

「そう。犬、チンパンジー、羊なんかと交わることなんかできないと断る娘《こ》が多かったが、中には割り切ってOKしてくれるアジア人女性もいたんだ。昔からの白黒ショーやハプニングバーでは客は集められないだろうが、獣姦ショーは珍しいじゃないか」

「繁昌《はんじょう》してたわけだ?」

「ものすごく儲かったよ。有名人も変装してショーを観《み》に来てくれた。政財官界の大物たちもお忍びで通ってくれたよ」

「よく暴力団関係者にあやつけられなかったな」

「やくざにつけ込まれないよう細心の注意を払ってたんだ。でもな、ハッカーの難波に秘密獣姦ショーのことを知られてしまったんだよ」

川路がぼやいた。

「顧問をやってる会社で脱税指南をしてる弱みもあるんで、日垣に悪質な脱税をしてるオーナー社長たちから口止め料を脅し取ることを強いられても断れなかった。そうだな?」

「その通りだよ。わたしは脱税の証拠を提供するだけで、口止め料の三十パーセントを貰えるということだったんで……」

「日垣の言いなりになったわけだ?」

「そうだよ。汚れ役は新見と明石にやらせるという話だったし、秘密獣姦ショーもやめてたんでね」

「どうして金銭欲が強いんだ?」

「わたしは貧困家庭で育ったんだよ。金がないことで、数え切れないほど惨《みじ》めな思いをしてきた。だから、何がなんでも金品を手に入れたかったんだ」

「かつてヒルズ族と呼ばれた日垣も自己破産して、敗北感を味わわされたんだろうな」

「だけど、日垣はベンチャービジネスで成功を収めてニュービジネス界の新旗手とちやほやされた時期もあった」

「あんたほど惨めな思いはしてないと言いたいようだな」

「その通りじゃないか」

「日垣は汚れた金でベンチャー関連会社の株を買い集め、ネット通販大手の『楽市』の大株主になることを夢見てるんだろう?」

「それは間違いないよ。『楽市』も大企業に成長したんで、大株主になるには一兆円前後の買収金が必要だろうな。非合法ビジネスで五、六百億円を稼いだと思うが、まだまだ軍資金は足りない」

「そこで、日垣は汚れた金を相場師の堂珍に預けて仕手を仕掛けてもらって軍資金を増やそうとしてる。そうだな?」

　村瀬は訊いた。

「すべてお見通しか。堂珍は腐るほど金を持ってるんで、仕手の利益の一割の謝礼でいいと言ったらしい。喜んだ日垣は、伝説に彩《いろど》られた相場師に感謝してたよ」

「そうか。日垣は日刊紙、放送局、出版社、インターネットテレビ局、ゲームソフト制作会社なんかの株も買い集めてるようだな。将来、メディアの帝王にでもなる気なのかい？」

「それはないだろうな。日垣はメディアにはさまざまな圧力や注文がつくから、ビジネスとして旨味がないとはっきり言ってるんだ。メディア関連会社の株を買い集めてることは事実だが、それは復活を後押ししてくれてる協力者に報《むく》いたいからだと思うよ」

「やっぱり、協力者がいたか」

「共謀者と言ったほうが正確かもしれないな。その人物はテレビ局の報道局で働いてるようなんだが、民放には真の報道の自由はないと嘆いてるらしいよ。外部から圧力がかかって、上層部に企画を潰されたことがあるんじゃないのかね。大きなメディアは制約に縛られてるから、真実を伝えることは永久にできないと絶望してるのかもしれない」

「スポンサーのいない小さなメディアなら、表現や報道に縛りはかからないだろうな。それで、小さなメディアを手中に収めて事実を報じたくなったわけか」

「そうなんだろうな」

会話が途切れた。

そのとき、村瀬の脳裏を日東テレビの丸岡報道局長の顔が掠《かす》めた。報道局社会部はタブーに挑み、『ニュースエッジ』で野心的な特集を数多く放映してきた。

しかし、すべての企画が通ったわけではないだろう。外部の圧力に屈して、取材中止になった企画も現にあるにちがいない。

丸岡は上層部の意向に沿ったが、記者魂を棄《す》てたわけではないようだ。

そうした気骨のある報道局長が日垣と手を組んで、自分の野望を遂げたいと考えたのだろうか。部下の曽我社会部長や内海記者を欺《あざむ》いてまで、制約のない小さなメディアを手に入れたかったのか。

そういう気持ちになっても、日垣とつるんで犯罪絡みの金を集めて野望を叶えたいと考えるのは、それこそ本末転倒だろう。報道記者として失格と言わざるを得ない。

丸岡は、報道の自由を貫けないマスメディアに絶望してしまったのかもしれない。いまの状況に甘んじていたら、報道人の矜持《きょうじ》すら保てなくなる。犯罪者になってでも、記者のプライドに固執する気になったのだろうか。

状況証拠だけでは、丸岡局長を追及することはできない。ここまできたら、罠を仕掛けて日垣に直《じか》に揺さぶりをかけてもいいのではないか。違法捜査だが、やむを得ない。

「急に黙り込んでしまったが、どうしたのかな?」

川路が沈黙を破った。

「新見は、日垣に日東テレビの内海という記者を始末してくれと頼まれたことはないと供述してる。しかし、その記者が日垣の悪事を暴こうとしてたことは間違いないだろう」

「日垣はわたしに日東テレビの内海記者が身辺を嗅ぎ回ってるんで、脱税してる連中を強請るときはバレないようにしてほしいと何度も言ってたよ。でもね、内海を新見に殺《や》らせてはないだろうし、犯罪のプロに片づけさせたりもしてないと思うな」

「そうか」

「わたしは任意同行を求められるんだろうね。でも、まだ逮捕状は裁判所から交付されてないはずだから、同行を断ってもいいわけだ」

「あんたを公務執行妨害容疑で現行犯逮捕して、恐喝に関する取り調べもできるんだよ」

「そ、そんな!? おたくを殴ったり、蹴ったりもしてないじゃないかっ」

「ああ、それはな。しかし、逃げようとして少しもがいた。それでも、公務執行妨害が適用されるんだよ」

「都合のいい話だな」

「捜査に協力してくれるんだったら、すぐに逮捕はしない」

村瀬はルアーを撒《ま》いた。

「わたしに逃げるチャンスを与えてくれるというのか⁉」

「そうしたければ、そうすればいいさ」

「只《ただ》で見逃してくれるわけがないよな。事務所の金庫に七百万ぐらい入ってる。それを先に渡して、後日、潜伏先から指定された口座に一千万を必ず振り込むよ。それで、どうだろう？」

「金を受け取る気はない。あんたをこの車に乗せて白金の日垣の自宅近くまで行くから、そこから元ヒルズ族に電話をかけてほしいんだ」

「日垣を家の外に誘き出したいんだな？」

「そういうことだ。あんたは日垣に電話して、新見たち二人が警察に捕まったようだから、しばらくどこかに潜伏したほうがいいと言ってくれ。自分も、これから逃げるつもりだと付け加えたほうがいいな」

「わかった。日垣を誘き出せたら、わたしを必ず解放してくれるんだな？」

「ああ。それまで逃げられたくないんで、助手席に移ってもらうぞ」

「仕方ないな」

川路が同意した。村瀬は川路をスカイラインの助手席に坐らせ、素早く前手錠を打った。

「な、何だね⁉　わたしは逃げやしないよ」

「念のためだ」

「逃げたりしないのに……」

川路が不満顔でぼやいた。

村瀬は黙殺して、急いで運転席に入った。専用捜査車輛を発進させる。村瀬はサイレンを鳴らしながら、日垣邸に向かった。二十分弱で、目的地に到着した。

村瀬は車を日垣邸の数十メートル手前の民家の生垣に寄せ、片方の手錠を外してハンドルに掛けた。プラスチック製の手錠だが、造りは頑丈だった。

「まだ逃げると思われてるんだな」

川路が苦く笑いながら、上着の内ポケットからスマートフォンを取り出した。すぐに日垣に電話をかけて、指示した通りに喋った。

通話は二分にも満たなかった。

「日垣は焦《あせ》ってたよ。いろいろダーティー・ビジネスのアイディアを提供してくれた恩人には内緒で逃げると言ってた。マイカーで逃げると足がつくんで、タクシーとレンタカーでできる限り遠くに逃げると言ってたよ」

「その恩人というのは、日東テレビの丸岡報道局長なんじゃないのか？」

「そんな名じゃなかったと思うな、日垣に悪知恵を授けたマスコミ関係者は」

「なら、垂石じゃないのか？」

「黒幕の名は思い出せないな。日垣が表に出てきたら、手錠は外してもらえるね？」

「そのつもりだが……」

村瀬は約束はしなかった。

すでに夕闇が濃い。十五、六分後、日垣邸から家政婦が出てきた。彼女は近くの地下鉄駅に向かった。

日垣は荷物をまとめたら、しばし愛犬との別れを惜しむ気なのだろう。一時間が過ぎても、日垣は姿を見せない。逃げ切れないと観念したのだろうか。

ぼんやりと待っていては、時間がもったいない。村瀬は後部座席に移って、捜査ファイルを開いた。何か見落としがなかったか、確認する気になったのだ。

懐中電灯の光で手許を照らしながら、事件調書を入念に読み返す。

気になる記載箇所があった。毎朝日報社会部の元デスクの宮脇順次は新宿区富久町《とみひさちょう》に住んでいる。マンション暮らしだ。捜査本部事件の現場は、富久町と隣接している余丁町だった。

内海は事件当日、早朝に歩いていた。宮脇の動きを探った帰りに、犯人に狙われたという推理は成立しないだろうか。そうではないとしたら、考えられるのは何か。村瀬は推測を重ねた。やがて、怪しい人物が頭に浮かんだ。

かつて毎朝日報で社会部の部長を務めていた垂石は部下の誤報騒ぎで引責辞職して、親の遺産で勇人舎を設立し、『真相スクープ』を創刊した。

購読料だけでは、むろん赤字だろう。やがて、遺産は消えてしまうはずだ。リベラルな言論誌の発行部数が数十万になる可能性はゼロに近いのではないか。どこからか、運転資金を調達できなければ、『真相スクープ』は休刊か廃刊に追い込まれてしまう。

垂石は大学の後輩の丸岡と貸しのある宮脇を抱き込んで、非合法な手段で運転資金を捻出したのではないか。そうだとすれば、垂石と日垣に接点があるにちがいない。

村瀬は捜査ファイルを閉じ、日東テレビの丸岡報道局長に電話をした。

「あなたの大学の先輩である垂石さんは、日垣と面識があるでしょ？」

「いや、一面識もないと思いますよ」

「そうですか。垂石さんは『真相スクープ』の部数を伸ばしたがってるようでしたが、資金繰りが大変でしょうね」

「親の遺産が新たに見つかったとかで、資金面での不安はなくなったと安堵してましたよ」

「それは、いつの話なんです？」

「数カ月前に聞いたことですよ。刑事さん、急に垂石さんの話を持ち出して、どういうことなんです？」

「深い意味はないんです」

「いや、妙だな。変ですよ。垂石さんが不正な手段で事業資金を工面してるのではないかと疑ってるんじゃないですか？」

「疑えなくもないですね」

「そういう言い方は失礼でしょう！」

「丸岡さんも、垂石さんに協力したんじゃないですか？」

「な、何を言ってるんですっ」

「あなたは有馬議員がプールしてたヤミ献金のうち三億を脅し取ったんじゃないんですか、議員の娘が万引き依存症《クレプトマニア》であることを恐喝材料にしてね」

「えっ」

丸岡が絶句した。

「やはり、そうだったか」

「わたしを犯罪者扱いするのはなぜなんだっ」

「自分の胸に訊くんですね」

村瀬は通話を切り上げた。

内海は日垣の悪事を取材していて、恩義のある垂石がダーティー・ビジネスに関わっていることを知ってしまったのではないか。それも従犯ではなく、主犯だった。内海は、垂石が丸岡や日垣を唆《そそのか》した証拠を摑んだのかもしれない。

垂石はそれを察知し、貸しのある宮脇に内海の口を塞《ふさ》がせたのではないか。

日垣と垂石が繫がっていたら、元格闘家の新見が護身具としてスリングショットを使っていることは知り得る。宮脇は恩人である垂石に逆《さか》らうことができずに、新見の犯行と見せかけて内海を殺害したのではないか。例の〝誤報〟を仕組んだのも垂石だったのかもしれない。

「あっ、日垣が出てきた」

「あんたは車の中で待っててくれ」

「話が違うじゃないかっ」

「手錠を外してやると約束した覚えはないぞ」

村瀬は嘲笑し、スカイラインから出た。

キャリーケースを引っ張った日垣は大股で、大通りに向かっていた。タクシーを拾って、自宅から遠ざかる気らしい。

村瀬は日垣を追った。距離が縮まりはじめたころ、脇道から黒い人影が飛び出してきた。黒いニット帽を被り、マフラーで顔半分を隠している。暴漢だろう。

「日垣、逃げろ！」

村瀬は大声で忠告し、勢いよく走りだした。

その直後、暴漢が日垣に体当たりした。日垣が呻いて棒立ちになった。襲撃者がいったん日垣から離れた。

刺身庖丁を握っていた。刃渡りは四十センチ近くありそうだ。ふたたび暴漢が日垣に組みついた。心臓部を突かれた日垣が唸《うな》って、丸太のように倒れた。

村瀬は助走をつけて、高く跳《と》んだ。

暴漢はまともに飛び蹴りを受けて、吹っ飛んだ。ニット帽がずれた。村瀬は路上に転がった暴漢に駆け寄り、マフラーを下げた。

宮脇の顔が現われた。肩を弾ませながら、路面を手探りしている。血糊にぬめる刺身庖丁は道端に落ち、とても届きそうもない。

「垂石に命じられて、そっちが内海を殺《や》ったんだなっ。〝誤報〟を仕掛けたのも垂石か？」

「そうだよ。垂石さんは大学の後輩の丸岡さんとメディア界を支配する野望を抱いてるんだ。内海に垂石さんとおれは告発されそうになったんだ。それだから、やむなく……」

「日垣を背後で操ってたのは、垂石彰なんだなっ」

「そう、そうだよ。垂石さんは日垣を唆《そそのか》して、ダーティ・ビジネスをやらせ、得た金の六割を取り分にしてたんだ。それで、新しいメディアの株を買い集めてたんだよ。日垣をダミーにしてな。アンダーボスの丸岡さんは有馬議員から三億脅し取った。おれは垂石さんの会社に移ったら、『真相スクープ』の編集長にしてもらえることになってたんだ。購読料だけで、自由な言論誌を出しつづけなきゃ、真の報道人とは言えないからな」

「あんたたちの正義や使命感は独善的で、説得力がない。垂石は綺麗事を言ってるが、本心はマスコミを支配したくなったにちがいないっ。歪んだクズだな、あんたらは！」

村瀬は宮脇のこめかみを思うさま蹴った。

宮脇が体を丸めて、長く唸った。

村瀬は日垣のそばに屈み込み、右手首を取った。温《ぬく》もりはあったが、脈動は伝わってこなかった。ほぼ即死だったのだろう。

村瀬は死者に短く合掌し、ゆっくりと立ち上がった。懐からポリスモードを摑み出し、捜査一課長に連絡をする。

電話が繋がった。

「捜査本部事件の首謀者と実行犯が判明しました。共犯者もわかりましたが、予想外の結末になったんですよ」

村瀬は淡々と経過を報告しはじめた。事件は解決したわけだが、気分は重かった。

人間の浅ましさと愚かさを垣間見て、言葉を失いそうだ。誰の心にも、業火《ごうか》は宿《やど》っているのか。事件の真相を知ったら、内海奈々緒は人間不信に陥るだろう。

首謀者の垂石と共犯の丸岡は、明日にも逮捕されるだろう。ハッカーの難波や仕手筋の堂珍にも当然、捜査の手は伸びる。

村瀬は電話を切ると、夜空を仰《あお》いだ。

月を眺めているうちに、無性《むしょう》に亜季に会いたくなった。性《さが》や業と無縁ではいられない人間は、ある意味で哀しい存在なのかもしれない。

「なんでこうなってしまったんだっ」

宮脇が拳《こぶし》で路面を叩き、泣きはじめた。

村瀬は冷ややかに笑った。

著者注・この作品はフィクションであり、登場する人物および団体名は、実在するものといっさい関係ありません。

特務捜査

一〇〇字書評

切・り・取・り・線

購買動機（新聞、雑誌名を記入するか、あるいは○をつけてください）

□（　　　　　　　　　　　　）の広告を見て
□（　　　　　　　　　　　　）の書評を見て
□ 知人のすすめで　　□ タイトルに惹かれて
□ カバーが良かったから　　□ 内容が面白そうだから
□ 好きな作家だから　　□ 好きな分野の本だから

・最近、最も感銘を受けた作品名をお書き下さい

・あなたのお好きな作家名をお書き下さい

・その他、ご要望がありましたらお書き下さい

住所	〒				
氏名		職業		年齢	
Eメール	※携帯には配信できません		新刊情報等のメール配信を 希望する・しない		

この本の感想を、編集部までお寄せいただけたらありがたく存じます。今後の企画の参考にさせていただきます。Eメールでも結構です。

いただいた「一〇〇字書評」は、新聞・雑誌等に紹介させていただくことがあります。その場合はお礼として特製図書カードを差し上げます。

前ページの原稿用紙に書評をお書きの上、切り取り、左記までお送り下さい。宛先の住所は不要です。

なお、ご記入いただいたお名前、ご住所等は、書評紹介の事前了解、謝礼のお届けのためだけに利用し、そのほかの目的のために利用することはありません。

〒一〇一-八七〇一
祥伝社文庫編集長　坂口芳和
電話　〇三（三二六五）二〇八〇

祥伝社ホームページの「ブックレビュー」からも、書き込めます。
http://www.shodensha.co.jp/bookreview/

祥伝社文庫

特務捜査《とくむそうさ》

平成30年2月20日　初版第1刷発行

著　者　南《みなみ》　英男《ひでお》
発行者　辻　浩明
発行所　祥伝社《しょうでんしゃ》
東京都千代田区神田神保町3-3
〒101-8701
電話　03（3265）2081（販売部）
電話　03（3265）2080（編集部）
電話　03（3265）3622（業務部）
http://www.shodensha.co.jp/

印刷所　堀内印刷
製本所　ナショナル製本
カバーフォーマットデザイン　芥 陽子

Printed in Japan ©2018, Hideo Minami ISBN978-4-396-34390-3 C0193

祥伝社文庫の好評既刊

南 英男

三年目の被疑者

元検察事務官刺殺事件。殉職した夫の敵を狙う女刑事の前に現われたのは、予想外の男だった……。

南 英男

異常手口

シングルマザー刑事・保科志保《ほしなしほ》と殉職した夫の同僚・有働《うどう》警部補が、化粧を施された猟奇殺人の謎に挑む！

南 英男

嵌《は》められた警部補

麻酔注射を打たれた有働警部補。目を覚ますとそこには女の死体が……。誰が何の目的で罠に嵌めたのか？

南 英男

立件不能

少年係の元刑事が殺された。少年院帰りの若者たちに、いまだに慕われていたような男だったのになぜ？ 誰に？

南 英男

警視庁特命遊撃班

平凡な中年男が殺された。しかし被害者の貸金庫から極秘ファイルと数千万円の現金が発見され事件は急展開！

南 英男

はぐれ捜査

警視庁特命遊撃班

謎だらけの偽装心中事件。殺された男と女の「接点」は？ 風見《かざみ》竜次《りゅうじ》警部補らは違法すれすれの捜査を開始！

祥伝社文庫の好評既刊

南 英男　癒着《ゆちゃく》　遊軍刑事・三上謙

ジャーナリストが刺殺された。特命を受けた三上は、おぞましき癒着《ゆちゃく》の構造に行き着くが……。

南 英男　捜査圏外　警視正《けいしせい》・野上勉《のがみつとむ》

刑事のイロハを教えてくれた先輩が死んだ。その無念を晴らすため、野上は彼が追っていた事件を洗い直す。

南 英男　警視庁潜行捜査班　シャドー

「監察官殺し」の捜査は迷宮入りの様相……。捜査一課特命捜査対策室の秘密別働隊〝シャドー〟が投入された！

南 英男　警視庁潜行捜査班シャドー　抹殺《まっさつ》者

美人検事殺しを告白し、新たな殺しを宣言した〝抹殺屋〟。その狙いと検事殺しの真相は？〝シャドー〟が追う！

南 英男　刑事稼業　包囲網

捜査一課、生活安全課……警視庁の各課の刑事たちが、靴底をすり減らしながら、とことん犯人を追う！

南 英男　刑事稼業　強行逮捕

捜査一課、組対第二課――刑事たちが足を棒にする捜査の先に辿りつく真実とは！　熱血の警察小説集。

祥伝社文庫の好評既刊

南　英男
刑事稼業　弔《とむら》い捜査
組対の矢吹が、捜査一課の加門の目の前で射殺された。加門は事件の真相究明のため、更なる捜査に突き進む。

南　英男
殺し屋刑事《デカ》
悪徳刑事・百面鬼竜一《どうめきりゆういち》の〝一夜の天使〟が拉致された！　非道な暗殺指令を出す、憎き黒幕の正体とは？

南　英男
殺し屋刑事　女刺客
歌舞伎町のヤミ銭を掠《かす》める小悪党を追う百面鬼の前に……。悪《ワル》が悪を喰らいつくす、圧巻の警察アウトロー小説。

南　英男
殺し屋刑事　殺戮《さつりく》者
超巨額の身代金を掠め取れ！　メガバンクを狙った連続誘拐殺人犯に、強請《ゆすり》屋と百面鬼が戦いを挑んだ！

南　英男
悪党《アウトロー》　警視庁組対部分室
㊙《マルボウ》内に秘密裏に作られた、殺しの捜査のスペシャル相棒チーム登場！　力《りき》丸《まる》と尾崎《おざき》に、極秘指令が下される。

南　英男
シャッフル
カレー屋店主、ＯＬ、元刑事、企業舎《フロン》弟《ト》社員が大金を巡る運命の選択を迫られた！　緊迫のクライム・ノベル。